Fianaise

Úrscéal don fhoghlaimeoir fásta

Mícheál Ó Ruairc

© Mícheál Ó Ruairc 2012
Gach ceart ar cosnamh. Ní ceadmhach aon chuid den fhoilseachán seo a atáirgeadh, a chur i gcomhad athfhála, nó a tharchur ar aon mhodh nó ar aon slí, bíodh sin leictreonach, meicniúil, bunaithe ar fhótachóipeáil, ar thaifeadadh nó eile gan cead a fháil roimh ré ón bhfoilsitheoir.

Tá *Leabhair*COMHAR faoi chomaoin ag
Clár na Leabhar Gaeilge
An Chomhairle Ealaíon
as tacaíocht airgid a chur ar fáil le haghaidh fhoilsiú an leabhair seo.

An chéad chló © 2012 Mícheál Ó Ruairc
ISBN: 978-0-9571593-2-7
Foilsithe ag *Leabhair*COMHAR
(inphrionta de COMHAR Teoranta, 5 Rae Mhuirfean, Baile Átha Cliath 2)
www.leabhaircomhar.com

Foras na Gaeilge

Clóchur: Graftrónaic
Clúdach: Eithne Ní Dhúgáin
Clódóirí: Brunswick Press
Eagarthóir comhairleach: Siún Ní Dhuinn
Eagarthóir cóipe: Máire Nic Mhaoláin

Réamhrá

Amuigh ansin,
In áit éigin,
In áit éigin nach bhfuil rófhada uait,
Ag fanacht,
Ag fanacht go foighneach,
Ag faire,
Ag síorfhaire,
De ló is d'oíche,
Go mórmhór san oíche,
Ag uair mharbh na hoíche,
Ag fanacht. Ag fanacht go foighneach. Ag faire.
Ag faire go foighneach. Ag síorfhaire. Go dtí go
dtagann an fonn. An fonn chun duine a scanrú.
An fonn chun duine a ionsaí. An fonn chun duine
a mharú.
Amuigh ansin,
In áit éigin,
In áit éigin nach bhfuil rófhada uait,
Ag fanacht,
Ag fanacht go foighneach,
Ag faire,
Ag síorfhaire,
De ló is d'oíche,
Go mórmhór san oíche,
Ag uair mharbh na hoíche.

CUID 1

Caibidil a hAon
Who loves ya, baby?

Lig an Bleachtaire Cathal 'Kojak' Ó Cearúil osna chléibh. Deireadh le sonas agus só. Deireadh lena shaol normálta. Dá bhféadfaí 'normálta' a lua leis an sórt saoil a bheadh á chleachtadh aige ar an gcéad dul síos. Go ceann bliana ar a laghad. Nó go mbéarfaí ar an sraithmharfóir.

Sraithmharfóirí! Ba é seo an tríú sraithmharfóir a tugadh mar chúram do Kojak. Ní raibh sé ach ina *rookie* thiar sna seachtóidí nuair a tháinig an chéad duine faoina bhráid i 1977. An tsraith teilifíse cháiliúil *Kojak* á craoladh ar an teilifís agus Telly Savalas sa phríomhpháirt ag an am agus antóir air ag an lucht féachana.

É mar nós ag Cathal hata a chaitheamh ag an am agus b'annamh é gan líreacán ina bhéal aige. Iarracht a bhí á dhéanamh aige ar éirí as na toitíní a chuir tús le nós na líreacán. D'éirigh leis nós na dtoitíní a bhriseadh ach, an gcreidfeá é, ní fhéadfadh sé feidhmiú gan na diabhail líreacáin feasta! Ba é Muiris Ó Fiaich, an ceannfort a bhí aige ag an am sin, a thug an leasainm Kojak air agus ghreamaigh sé de.

Rinne Kojak meangadh gáire. Ag an am sin bhí folt breá gruaige aige ach idir an dá linn tháinig an tuar faoin tairngreacht agus bhí a phlaitín chomh maol le hubh lachan faoin am seo! Anois bhí sé ina Kojak críochnaithe agus nós an líreacáin fós á chleachtadh aige. Ar ndóigh, bhí an Ceannfort Ó Fiaich éirithe as le fada agus ní bheadh cur amach ar bith ag an gcleas óg ar an tsraith teilifíse *Kojak* ná ní bheadh tuairim acu cén tsamhail de dhuine é Telly Savalas ach an oiread.

Dhorchaigh a cheannaithe. Ní raibh greann ar bith ag baint leis an gcéad sraithmharfóir sin, Aingeal an Bháis. Duine mailíseach, claonta, sádaíoch, mallaithe ba ea é. Idir Feabhra 1978 agus Samhain 1979 dhúnmharaigh sé seisear ban idir óg agus aosta go míthrócaireach, barbartha. Beireadh air faoi dheireadh agus é i mbun dúnmharú in árasán i Ráth Maoinis. Baisteadh an leasainm Aingeal an Bháis air de bharr an nóis a bhí aige nóta a fhágáil i dteannta an choirp ag fógairt gur gníomh trócaire a bhí ann an duine áirithe sin a chur chun báis. Ar ámharaí an tsaoil, d'éirigh le Kojak próifíl de a chur i dtoll a chéile agus ba é a rug air agus é i mbun oibre i Ráth Maoinis ar 26 Samhain 1979. B'iarshagart é Aingeal an Bháis agus é mar aidhm aige mná ar pheacaigh iad, dar leis, a sheoladh ar shlí na fírinne. É glan as a mheabhair agus é faoi ghlas in Ospidéal Síciatrach Dhún Droma go dtí gur chuir sé lámh ina bhás féin sa bhliain 2003.

Agus ansin sa bhliain 1998 bhí an dara duine ann, an *Clamper*. Bhí sé níos deacra breith air siúd. An nós a chleachtadh seisean ná bréagchlampáil a dhéanamh ar charranna ban. Bheadh uimhir fágtha ar an gcarr agus dá nglaofaidís ar an uimhir d'fhreagródh an *Clamper* an guthán agus déarfadh sé leo fanacht mar a raibh acu go dtí go dtiocfadh sé féin chun an carr a dhíchlampáil. Déarfadh sé leo suí isteach sa charr agus bheith ar a suaimhneas agus go mbeadh sé leo laistigh de dheich nóiméad. D'éirigh leis ceathrar a mharú sa tréimhse ó Mheán Fómhair 1998 go dtí Márta 1999. San idirlinn bhí mná Bhaile Átha Cliath sceimhlithe ina mbeatha a gcarranna a pháirceáil i gcarrchlósanna na cathrach.

Arís, d'éirigh le Kojak próifíl den sraithmharfóir sin a chur le chéile agus ba mhó tráthnóna fuar geimhridh agus earraigh a chaith sé i gcarrchlósanna uaigneacha ag faire ar a chreach. Ansin ar 2 Márta chonaic sé veain mhór dhubh ag teacht isteach sa charrchlós áirithe seo i ndeisceart na cathrach agus fear meánaosta istigh ann. Pháirceáil sé go cúramach, tháinig amach agus d'oscail doras cúil na veain agus thóg mála mór aisti. Chuaigh sé caoldíreach go dtí BMW dearg a bhí páirceáilte i gcúinne dorcha de chuid an charrchlóis. Chrom sé síos agus rinne an carr a chlampáil. Bhí sé soiléir go raibh a chuid taighde déanta aige agus déanta go maith aige maidir leis an gcarr seo – ní foláir nó bhí an ticéad páircéala imithe as feidhm agus gur bean a bhí á thiomáint. Bhí fonn ar Kojak léimt amach as an gcarr agus é a ghabháil láithreach bonn.

Ach b'fhearr a bheith foighneach. B'fhearr fanacht leis an bhfianaise. D'imigh mo dhuine leis sa veain agus pháirceáil í ar an taobh eile den charrchlós. Níor imigh mórán ama gur tháinig bean chaol óg isteach sa charrchlós agus fuadar an domhain fúithi. Nuair a shroich sí an carr thit an lug ar an lag aici. D'fhéadfadh Kojak í a fheiscint ar a fón póca agus í ag labhairt le duine éigin. Ansin shuigh sí isteach sa charr agus d'fhan ansin.

I gceann deich nóiméad nó mar sin thiomáin sé an veain mhór dhubh trasna an charrchlóis agus stop in aice an chairr ina raibh an bhean óg. Tháinig an fear meánaosta amach as an veain agus chuaigh go dtí an carr. Ní fhéadfadh Kojak aon rud eile a fheiscint nó a chloisint mar go raibh an veain mhór dhubh sa bhealach air.

D'fhág sé a charr go tapa agus as go brách leis ag rith trasna an charrchlóis. Nuair a shroich sé láthair na coire bhí an bhean sactha isteach i gcúl na veain cheana féin aige. Ní raibh ar a cumas scread a ligean mar go raibh a béal téipeáilte ionas nach bhféadfadh sí fuaim dá laghad a dhéanamh.

Sula raibh deis ag an Clamper faic a dhéanamh chun é féin a chosaint bhí na glais lámh air ag Kojak agus a thréimhse mar shraithmharfóir tagtha chun deiridh.

Tiománaí tacsaí ba ea é. A gharáiste beag féin aige sna seachtóidí ach de bharr na géarchéime eacnamaíochta sna hochtóidí bhí air an áit a dhúnadh. É den tuairim nach mbéarfaí air choíche ach ar nós formhór na sraithmharfóirí d'fhág sé fianaise ina dhiaidh. É i bpríosún go dtí 2011, nuair a scaoileadh saor é. An rud deireanach a bhí cloiste ag Kojak ina thaobh ná go raibh sé glanta leis go dtí an Spáinn.

"Agus imeacht gan teacht ort freisin, a leibide cham!" dúirt Kojak os íseal leis féin.

Caibidil a Dó
Táimse ag éirí róshean don chacamas seo!

Bhí Kojak scartha óna bhean chéile Róise le dhá bhliain. Ghoill an scaradh go mór air. Ní fhéadfadh sé aon mhilleán a chur uirthise. Chuir sé an milleán ar fad ar choinníollacha oibre an phoist a bhí aige – é gafa le cásanna casta coiriúlachta, gan trácht ar na huaireanta a chaitheadh sé as baile ar bhonn rialta. Ní fhéadfadh bean ar bith cur suas leis.

"Ní féidir an dá thrá a fhreastal, a Chathail," a deireadh Róise leis agus ba é a tharla faoi dheireadh ná gur shleamhnaigh siad ó chéile diaidh ar ndiaidh go dtí nach raibh tada fágtha sa chumann a bhí eatarthu. Ní raibh ach an t-aon duine clainne acu – Bearnairdín. Úillín óir ba ea í siúd i súile a tuismitheoirí araon. Go háirithe i súile a daid. Bhí peata críochnaithe déanta aige siúd di. Bhí naoi mbliana déag slánaithe aici agus bliain caite aici ag freastal ar Ollscoil Chorcaí.

Ba bheag nach raibh taom croí ag Kojak nuair a dúirt sí go raibh sé i gceist aici Gaeilge agus Béarla a dhéanamh in Ollscoil Chorcaí.

"Cad tá cearr le Coláiste na Tríonóide nó leis an gColáiste Ollscoile i mBaile Átha Cliath?" a d'fhiafraigh sé di go cantalach nuair a luaigh sí leis ar dtús go raibh sé beartaithe aici a seolta a thógaint agus bogadh go Corcaigh.

"Á, a dhaid, ní hionann iad in aon chor. Deir Aisling liom go bhfuil UCC ar fheabhas ar fad agus go bhfuil Corcaigh go hiontach. Ar aon chaoi tá sé i gceist agam dul go Corca Dhuibhne ar bhonn rialta agus tá coláiste Gaeilge ag Ollscoil Chorcaí thíos i mBaile an Fhirtéaraigh de réir dealraimh. Agus beidh mé féin agus Aisling i dteannta a chéile."

"Ach, a Bhearnairdín, nach mbeidh Aisling ag dul isteach sa dara bliain? Beidh a cairde féin aici . . ."

"T's agam é sin go maith, a dhaid, ach beidh cairde eile déanta agamsa idir an dá linn. Tar éis an tsaoil is cailín cuideachtúil, cairdiúil mé."

Bhí sé fuar aige. Má bhí sí cuideachtúil, cairdiúil bhí sí ceanndána freisin. Agus bhí ar Kojak a admháil go raibh sé mar nós aige cead a cinn a thabhairt di go háirithe ó scar sé féin agus Róise ó chéile.

Ná ní raibh sé róthógtha lena cara, Aisling Nic an tSionnaigh. Í níos sine ná Bearnairdín. Iad ina ndlúthchairde ó bhíodar ina bpáistí. Ba as Cluain Tairbh di. B'amhlaidh a bhuail sí féin agus Bearnairdín le chéile nuair a tugadh an bheirt acu ar saoire go dtí Eurodisney agus iad fós sa bhunscoil. Tharla go raibh an dá chlann ag fanacht san óstán céanna agus d'fhás cairdeas idir Róise agus máthair Aisling, Clíona, le linn na saoire sin. Mhair an cairdeas idir an dá mháthair ar feadh bliain nó dhó, ach bhí an bheirt chailíní fós ina ndlúthchairde. Rith sé le Kojak go minic nárbh aon bhuntáiste do Bhearnairdín an cairdeas céanna agus rachadh sé chomh fada lena rá gur mheas sé gur drochthionchar a bhí ag Aisling ar a iníon. Bhíodh Bearnairdín i gcónaí ag iarraidh coinneáil suas léi maidir le cúrsaí faisin agus buachaillí agus mar sin de. Agus bhí Aisling i bhfad níos aibí agus níos sráidchliste ná í. Agus, ar ndóigh, dhá bhliain níos sine ná í freisin.

Mar sin féin ba chailín álainn, grámhar, geanúil í a iníon agus bhí Kojak an-chosantach ina taobh. Ró-chosantach, b'fhéidir, ach bhí sé go láidir den tuairim gurbh é cruatan an tsaoil agus an baol a bhí ann do mhná a thug air a bheith chomh cosantach sin.

Ba bheag nár léim sé as a chraiceann nuair a d'fhógair an Ceannfort Pól de hÍde go mbeadh sé i gceannas ar chás an *Elusive* Pimpernel, an leasainm a bhí ag de hÍde ar an mboc seo. Bhí striapach amháin i mBaile Átha Cliath agus striapach eile i gCorcaigh curtha chun báis aige faoin am seo.

"Cá bhfios duit gur sraithmharfóir é?" a d'fhiafraigh Kojak de.

"Mar tá sé tar éis an bheirt bhan a chur chun báis ar an dóigh chéanna – iad araon plúchta agus a gcuid fo-éadaí pulctha isteach ina mbéal aige. *Sicko* ceart atá againn anseo, a Chathail. Chomh maith le sin fágann sé cárta ag fógairt *Catch me if you can!* ina dhiaidh ar láthair na coire. Tabharfaidh mé na sonraí gránna eile duit amárach nuair a thiocfaidh tú isteach san oifig."

Chroith Kojak a cheann go cráite.

Bhí sé bliain is seasca ó thús an Mhárta. Bhí cúig bliana is tríocha curtha isteach aige um an dtaca seo mar bhleachtaire, agus ceithre bliana mar gharda roimhe sin. Bheadh dhá scór bliain déanta aige ar 1 Meitheamh na bliana a bhí chuige. D'fhéadfadh sé a bheith imithe amach ar pinsean leis na blianta, ach i gcoinne a thola bhí sé ró-ghafa leis an diabhal jab agus níor theastaigh uaidh a bheith fágtha leis féin cois na tine ach an oiread.

Mar sin féin, ba bheag an meas a bhí ag de hÍde air. É seacht mbliana níos óige ná Kojak. É ríshoiléir go raibh fadhb mhór aige déileáil le baill foirne a bhí níos sine ná é féin. Nuair a bhí an-chuid gardaí agus bleachtairí ag éirí as anuraidh ar mhaithe lena bpinsean, bhraith Kojak go raibh de hÍde ag súil go n-imeodh sé féin ina dteannta.

Tháinig sé chuige lá.

"Oireann an pacáiste seo do do chás-sa go maith, a Chathail, nach n-oireann? Na trí scór slánaithe agat agus cnapshuim mhór ag dul duit. Tá tú chun glacadh leis, nach bhfuil? Bheifeá as do mheabhair é a ligint tharat."

Thit an lug ar an lag aige nuair a dúirt Kojak nach raibh sé chun glacadh leis. Ón bpointe sin ar aghaidh mhothaigh sé gur fhuaraigh an gaol a bhí eatarthu. Dá n-imeodh sé ní bheadh éinne ní ba shine ná é fágtha sa stáisiún. Bheadh an gradam sin ag de hÍde feasta. D'fhéadfadh sé a údarás a dhearbhú ar gach éinne eile.

Ach bhí Kojak ceanndána. B'in an bua ba mhó a bhí aige. Theastaigh uaidh an dá scór bliain a chomhlíonadh. Ní éireodh sé as ar ór na cruinne go dtí 31 Bealtaine na bliana a bhí chuige. Ba chuma leis faoin gcnapshuim. Ba chuma leis faoin bpinsean. É den tuairim gur chuir de hÍde ar chás an Pimpernel é chun fáil réidh leis, chun é a dhíbirt as an stáisiún agus as a radharc féin ar feadh tréimhse fada.

Bíodh aige. Cé nár réitigh cásanna den chineál seo leis thuig sé ag an am céanna gurbh é féin an duine ba mhó taithí in Éirinn um an dtaca seo chun iad a réiteach. Seans maith gur thuig de hÍde é sin chomh maith. Cé go raibh drogall an domhain air tabhairt faoin gcás áirithe seo, ní raibh aon amhras air ach go mbeadh sé ar a sheanléim a thúisce is a bheadh an chéad leid aimsithe aige.

Rinne sé meangadh gáire.

Ba bhreá leis an dubh a chur ina gheal ar de hÍde agus an cás a réiteach. Dá n-éireodh sé as ar 31 Bealtaine seo ní bheadh fágtha anois aige ach seacht mí. Bheadh Bearnairdín ag filleadh ar Chorcaigh tar éis shaoire na Samhna i gceann cúpla lá. Bheadh air féin cuairt a thabhairt ar

Chorcaigh ag an am céanna. Thabharfadh sé síob di. Thabharfadh sé sin deis dó an saol a bhí á chaitheamh aici thíos ansin a iniúchadh mar, creid é nó ná creid, ní dheachaigh sé ar cuairt chuici thíos ansin ó chuidigh sé léi cur fúithi in árasán ar Bhóthar an Iarthair nuair a chuaigh sí ann ar dtús.

Ní mó ná sásta a bheadh sí dá gceapfadh sí go raibh sé ag iarraidh póirseáil a dhéanamh ar a saol príobháideach!

Ach theastaigh uaidh a fháil amach an raibh sí ag cloí le gnáthrialacha bheatha an scoláire. Bearnairdín? Beag an baol!

Caibidil a Trí

An 'Pimpernel' níos géarchúisí ná éinne eile de na sraithmharfóirí

Cé go raibh Aingeal an Bháis agus an Clamper ar leibhéal ard claonachais, bhraith Kojak gur sháraigh an *Pimpernel* aon ghníomh claonta a bhí curtha i gcrích acu maidir le cambheart agus cruálacht. Bhí sé soiléir go raibh an duine seo truaillithe go huile is go hiomlán is nach raibh aon teorainn leis an urchóid agus an mhailís a bhí ann. Sádmhasacach. É soiléir gur bhain sé idir phléisiúr agus sásamh collaí as mná a dhíghrádú agus a chur chun báis go brúidiúil, míthrócaireach.

Chaith sé an mhaidin iomlán istigh i marbhlann na cathrach i mBaile Átha Cliath. Cailín óg álainn ba ea an té a dúnmharaíodh. Paulina Jawarski an t-ainm a bhí uirthi. Scór bliain d'aois ar éigean. Polannach agus gruaig fhada dhonn uirthi. Súile móra glasa. Í caol, ard, dea-dhéanta. Fuarthas cárta de chuid gníomhaireachta ban comórtha – Twilight Escorts – ina mála láimhe. An chuma ar an scéal nach rófhada a bhí sí ag gabháil don obair sin mar nach raibh ach dhá mhí caite in Éirinn aici. An chuma ar an scéal freisin go raibh sí ag obair mar dhamhsóir téisiúil i gClub Aphrodite i lár na cathrach ag an deireadh seachtaine.

Bhí rud amháin cinnte, áfach. *Sicko* ceart ba ea an Pimpernel seo. An dá shine bainte dá cíocha aige. Í tachta lena stocaí níolóin agus a cuid fo-éadaí pulctha isteach ina béal. An chuma ar an scéal nach raibh aon chaidreamh collaí i gceist. Ansoiléir freisin gur deineadh an gnó déistineach, gránna seo go proifisiúnta, mar nár fhág sé an mhír fhianaise is lú ar an gcorp cé is moite de nóta agus na focail *Catch me if you can!* i bpeannaireacht mhór, pháistiúil air.

A mhacasamhail de dhúnmharú déanta i gCorcaigh. Dúnmharaíodh an bhean i mBaile Átha Cliath ar an Luan agus an ceann i gCorcaigh ar an gCéadaoin. B'as Poblacht na Seice don bhean i gCorcaigh. Adéla Suková an t-ainm a bhí uirthi. Í trí bliana is fiche agus í ag obair mar dhamhsóir téisiúil sa chathair ag an deireadh seachtaine ach í fostaithe mar bhean choimhdeachta i rith na seachtaine agus gan í rófhada in Éirinn. Grianghraf di i dteannta an eolais seolta ar aghaidh chuig Kojak. Gruaig ghearr, chasta, fhionn uirthi. Cailín íseal dea-dhéanta a chuirfeadh Marilyn Monroe i gcuimhne duit.

Chroith Kojak a cheann go gruama.

Chaith sé tamall fada i dteannta an phaiteolaí. An t-aon dóchas a thug sise dó ná go raibh sí den tuairim go raibh aithne ag an mbean i mBaile Átha Cliath ar a cliant agus nach dúnmharú randamach a bhí ann. Labhair sí lena comhghleacaí i gCorcaigh agus bhí seisean den tuairim chéanna maidir leis an mbean a dúnmharaíodh ansin.

Fuarthas an dá chorp in áiteanna i gceantair ina mbeadh striapacha ag feidhmiú sa dá chathair – le hais na canálach i mBaile Átha Cliath a fuarthas Paulina agus thíos ar na dugaí i gCorcaigh a fuarthas Adéla. Bhí Kojak den tuairim gur dúnmharaíodh iad in áit éigin eile – árasán nó teach cónaithe – agus gur tugadh na coirp go dtí na láithreacha seo. Ní raibh aon fhianaise in aon chor ann gur oibrigh na mná seo mar mhná sráide.

Bheadh ar Kojak tús a chur lena chuid fiosrúchán dúshlánach, callshaothrach, uileghabhálach gan a thuilleadh moille. Ní fhéadfadh sé cloch a fhágáil gan tiontú sa phróiseas seo. Obair thuirsiúil, leadránach a bheadh ann.

Bheadh sé ag tabhairt síbe go Corcaigh do Bhearnairdín ar an Satharn.

D'fhanfadh sé i gCorcaigh go dtí an Mháirt agus dhéanfadh sé roinnt fiosrúchán le linn an ama sin.

Caibidil a Ceathair

Corcaigh cathair na gcuimhní do Kojak

Bhí tamall ann ó bhí Kojak i gCorcaigh.

Chaith sé ceithre bliana mar gharda ann sna luathsheachtóidí sular bhog sé go Baile Átha Cliath. Thaitin an chathair go mór leis ag an am sin. Chaith sé bliain ag siúl amach le cailín as Cros an Tornóra ach ní raibh aon rath ar an gcumann áirithe sin. Mar sin féin, bhraith sé uaidh an chathair cois Laoi ar feadh tamaill nuair a bhog sé go Baile Átha Cliath sa bhliain 1977. Rinne sé a lán cairde le linn dó a bheith ann.

Agus an cailín a raibh sé ag siúl amach léi, ba mhac léinn Tráchtála í i gColáiste na hOllscoile. Chas sé uirthi den chéad uair lasmuigh de theach tábhairne The Western Star ar Bhóthar an Iarthair. Bhí sí tar éis glao a chur ar na Gardaí mar goideadh a sparán óna mála láimhe istigh sa tábhairne. Bhí sí go mór trí chéile mar go raibh a cuid airgid go léir, a cuid eochracha, a cárta bainc agus a cárta mic léinn istigh sa sparán. Ba é Kojak ba thúisce ar láthair na coire sa scuadcharr. Thóg sé síos na sonraí go léir agus chuir sé ar a suaimhneas í. Thuig sé gur beag an seans a bhí ann breith ar an ngadaí nuair nach bhfaca éinne an eachtra ag tarlú sa teach tábhairne plódaithe agus nuair nach raibh aon fhinné ann.

Ní fhéadfadh sé gan a thabhairt faoi deara cé chomh dathúil agus a bhí sí. Í ard, dea-chumtha le gruaig fhada fhionn agus súile móra gorma. Thug sé abhaile í go Cros an Tornóra sa scuadcharr. Agus í ag teacht amach as an gcarr d'fhiafraigh sé di an mbeadh suim aici dul chuig an bpictiúrlann ina theannta ag an deireadh seachtaine. Ní raibh sé ach ag dul sa seans agus ní raibh dóchas ar bith aige go nglacfadh sí leis an gcuireadh. Cuireadh an dubhiontas air nuair a ghlac sí leis an gcuireadh.

Réitigh an bheirt acu go maith le chéile ar feadh bliain nó mar sin. Bhuail sé lena tuismitheoirí agus lena muintir uile agus thaitin sé leo, de réir dealraimh. Ach bhí Ríonach corrthónach. Theastaigh an chraic agus an scléip uaithi. Theastaigh uaithi a bheith amuigh lena cairde go huair mharbh na hoíche. Agus ní raibh Kojak róthógtha leis na cairde céanna. Ní raibh i gcuid mhaith acu ach dailtíní millte, dar leis. Agus a thúisce agus a fuair siad amach gur garda a bhí ann, b'in deireadh leis ina súile. Sheas Ríonach an fód ar a shon níos mó ná uair amháin ach ag deireadh thiar thall níorbh fhiú achrann a chothú. Bhí sé féin agus Ríonach ag druidim ó chéile faoin am sin ar aon chaoi.

D'imigh siad a mbealaí féin faoi dheireadh. Chuala sé ina dhiaidh sin gur phós sí fear as Baile Átha

Cliath agus gur shocraigh síos amuigh i gCionn tSáile.

Bhí Bearnairdín ag fanacht i gceann de na tithe móra árasán ar Bhóthar an Iarthair. Bhí an chuid de ina raibh Bearnairdín agus Aisling ag cur fúthu ar an tríú hurlár. Bhí dhá sheomra leapa ann, seomra suite, cistin agus seomra folctha. Bhí Aisling fillte ach ní raibh sí sa bhaile nuair a shroich Kojak agus Bearnairdín an áit. Chuidigh Kojak lena iníon a cuid bagáiste a thabhairt in airde staighre. D'fhan sé ina teannta go raibh sí socraithe isteach agus ansin d'fhág sé slán aici. Thabharfadh sé cuairt uirthi arís oíche Dé Luain mar go mbeadh sé ag filleadh ar Bhaile Átha Cliath go luath an mhaidin dár gcionn. Rachadh sé síos go dtí Stáisiún na nGardaí ar Shráid Anglesea mar go raibh coinne aige leis an gCeannfort Ó Dúda ansin ag a cúig a chlog. D'fhanfadh sé in óstán an Metropole ar Shráid Mhic Curtáin le linn dó a bheith i gCorcaigh.

Caibidil a Cúig

Tosaíonn Kojak ag iniúchadh shaol scáthach sceirdiúil an striapachais i gCorcaigh

Bhí an chuma ar an scéal nár theastaigh ón gCeannfort Cormac Ó Dúda bualadh le Kojak in aon chor. Níor éirigh sé den chathaoir sclóine mhór leathair a bhí aige chun fáilte a chur roimhe, fiú. Ba chuma leis é a bheith ann nó as, an tuairim a bhí ag Kojak. Shuigh sé taobh thiar dá dheasc mhór adhmaid agus sracfhéachaint á tabhairt aige ar scáileán an ríomhaire glúine a bhí os a chomhair amach ar an deasc. Ar an mballa taobh thiar de bhí grianghraf mór frámaithe de féin nuair a bhí sé i bhfad níos óige agus é ina sheasamh i gcúirt leadóige i dteannta mná óige agus an bheirt acu gléasta in éadaí leadóige, bríste gairid bán air siúd agus sciorta beag bídeach bán ar an mbean óg a bhí ina seasamh taobh leis, agus a folt fada de ghruaig fhionn ag leathadh thar a guaillí caola, grástúla, agus a fiacla geala ag lonrú faoi sholas na gréine.

Níor mhair an cruinniú a bhí eatarthu níos faide ná leathuair an chloig. Ba bheag suim a léirigh Ó Dúda sa Pimpernel, an rud a rith le Kojak tar éis an chruinnithe. Chaith sé formhór an chruinnithe ag féachaint os íseal ar an Rolex óir ar a rosta.

Chroith Kojak a cheann go gruama.

Bhí caighdeán na bpóilíní a bhí ag teacht ar a shála féin imithe chun donais ar fad. Ní raibh uathu ach ardú céime agus pé peorcaisí a bhí ann dóibh féin. Cúpla bliain roimhe sin chuir an smaoineamh go mbeadh air éirí as a phost duairceas ar Kojak, ach anois aon uair a smaoineodh sé ar an gceann scríbe sin thiocfadh ríméad air.

Bheadh air tús a chur le cúrsaí. An cailín as Poblacht na Seice – Adéla – bhí sí fostaithe mar laprinceoir i gclub laprince an PleasureDome i dtuaisceart na cathrach. Chuaigh Kojak le haghaidh cúpla pionta go dtí an tábhairne Sin É ar dtús, agus ar bhuille an mheán oíche thug sé aghaidh ar an PleasureDome.

Ón taobh amuigh bheifeá den tuairim gur seanscioból a bhí ann. Seanfhoirgneamh agus brat péinte de dhíth go mór air. Beirt fhear meánaosta gan ribe gruaige ar cheachtar acu ina seasamh go húdarásach ag an doras. 'Iargharda agus iarshaighdiúir', an rud a rith le Kojak. Ligeadh isteach é agus rinne sé a bhealach caoldíreach go dtí an beár sa chúinne. Bhí an áit dorcha go leor agus bhí scata maith daoine ann.

Bhí cailín amháin ag rothlú go gríosaitheach ar an bpolla a bhí i lár an urláir rince, gan uirthi ach fobhríste bán bídeach a bhí ag glioscarnach go mealltach faoi na soilse daite agus péire bróg *stiletto*. Bhí gruaig fhada fhionn uirthi agus í ag lúbadh agus ag casadh ar an bpolla ar nós gleacaí. Bhí scata fear ina leathchiorcal timpeall uirthi agus iad ag breathnú go géar ar gach cor agus ar gach casadh a chuirfeadh sí di.

D'ordaigh Kojak deoch ag an mbeár. Sara raibh deis aige íoc as bhí spéirbhean chuige ag fiafraí de an ndéanfadh sí rince dó. Chroith sé a cheann. Níor túisce í imithe ná bhí spéirbhean eile tagtha ina háit, agus lean sé sin ar aghaidh go dtí go raibh diúltaithe aige do sheisear san iomlán. Thug sé faoi deara go n-imeodh rinceoir ó am go chéile agus fear ina teannta siar go dtí cúl an fhoirgnimh, áit a raibh cubhachailí príobháideacha le haghaidh rince aonair don chustaiméir, ní foláir.

D'fhéach Kojak timpeall air go discréideach. Bhí na fir réasúnta óg, a bhformhór i ngrúpaí a raibh rud éigín á cheiliúradh acu. Ba bheag caonaí aonair cosúil leis féin a bhí i láthair. Ní fhaca sé éinne, dar leis, a d'fhreagair do chomharthaí sóirt an Pimpernel ar aon chaoi. Mar sin féin choinnigh sé súil ghéar amuigh. Cad faoin bhfear óg ard dathúil a bhí ina shuí ina aonar ar an taobh eile den bheár agus duine de na spéirmhná ina suí ina theannta agus í ar a croídhícheall ag iarraidh é a mhealladh chun go ndéanfadh sí rince aonair dó i gceann de na cillíní ar cúl? Bhí an chuma ar an scéal go raibh sé sásta gloine fíona a cheannach di agus ligint di a méara a shní trína fholt fada de ghruaig dhubh ach nach raibh sé sásta ligint do chúrsaí dul níos faide ná sin.

Cheannaigh Kojak deoch eile. D'fhanfadh sé go dtí a haon agus ansin bhaileodh sé leis thar n-ais go dtí an Metropole don oíche. Bhí tuirse ag teacht air faoin am seo mar go raibh sé ina shuí ó a sé a chlog ar maidin. D'fhéach sé i dtreo an urláir rince. Bhí rinceoir eile á lúbadh agus á casadh féin ar an bpolla faoin am seo, a cuid gruaige fada finne ag scuabadh an urláir agus í á húnfairt féin go macnasach os comhair na bhfear, a bhí faoi gheasa aici.

Thug Kojak fear meánaosta faoi deara, gan ribe gruaige ar a chloigeann ach oiread leis féin agus é ina sheasamh i leataobh ón slua, é ag faire go géar ar gach cor agus gach casadh a dhéanfadh an spéirbhean ar an bpolla. Fear íseal, leathan, féitheogach ba ea é agus tatúnna móra scéiniúla de dhragain ar a bhícipí nochta. Bhí cuma an-dáiríre air agus, i dtuairim Kojak ar aon chaoi, cuma an-amhrasach freisin. D'iompaigh sé timpeall gan choinne agus fuair Kojak radharc glan ar a cheannaghaidh. Súile beaga ruaimneacha, srón fhada agus púic dhímheasúil ar a cheannaithe. Thóg Kojak grianghraf dá aghaidh lena shúile, grianghraf nach ndéanfadh sé dearmad air dá gcasfadh sé ar an duine seo arís. Bhí rud éigin faoi nár réitigh leis. Coirpeach ba ea é nó duine nach rachfá in achrann leis dá mbeadh splanc chéille agat.

Chas Kojak thar n-ais i dtreo an bheáir. Ní raibh an fear óg dathúil ann a thuilleadh ach bhí an spéirbhean a bhí ag iarraidh é a mhealladh fós ina suí ar stól ard, gloine fíona ina láimh aici agus í ag féachaint amach roimpi go smaointeach. Ghreamaigh sí a súile de shúile Kojak. Rinne sí meangadh beag meallfach agus chlaon a ceann. D'fhreagair sé í le meangadh dá chuid féin agus chlaon a cheann chomh maith.

D'éirigh sí den stól agus thosaigh ag teacht ina threo, a corp fada, tanaí ag luascadh go gnéasach ar na sála arda.

Caibidil a Sé

*Deacair eolas a mhealladh ó dhaoine
nach dteastaíonn uathu é a thabhairt duit*

"Táim naoi mbliana déag d'aois."

Bhain sé sin stangadh as Kojak.

An aois chéanna lena iníon féin. Martina a hainm, de réir dealraimh. Rugadh agus tógadh í i mBúdaipeist. Í in Éirinn le bliain. Naoi mí caite aici i mBaile Átha Cliath agus í i gCorcaigh le trí mhí anuas. Tháinig sí go hÉirinn chun staidéar a dhéanamh ar an dlí i gColáiste na hOllscoile Bhaile Átha Cliath. Rinne sí an chéad bhliain agus bheadh sí ag filleadh i gceann coicíse chun an dara bliain a dhéanamh. Thosaigh sí ag obair mar laprinceoir sé mhí roimhe sin. Bhí sí ag siúl amach le mac léinn as Coláiste na Tríonóide – as Búdaipeist dó freisin – ach chaith sé go dona léi agus d'imigh le cailín as Sligeach.

Bheartaigh Martina ar bhuntáiste a bhaint as a háilleacht agus chuir sí isteach ar phost mar laprinceoir i gClub Temptations i mBaile Átha Cliath. Ba leis an úinéir céanna an dá chlub – Temptations i mBaile Átha Cliath agus an PleasureDome i gCorcaigh. Bhí rinceoir ag teastáil i gCorcaigh ag tús an tsamhraidh agus b'in an fáth gur fhág sí Baile Átha Cliath. Anois agus trí mhí caite aici i bPoblacht Phobal Chorcaí ba leasc léi an áit a fhágáil agus filleadh ar an ardchathair.

Leag sí lámh ar a ghlúin.

Níor theastaigh uaidh a bheith drochbhéasach léi ná síol an amhrais a chur ina haigne.

"Ní rince aonair nó príobháideach atá uaim, a Mhartina," ar seisean léi. "Níl uaim ach do chomhluadar agus ba mhaith liom cúpla ceist a chur ort. An bhfuil gloine fíona uait?"

Dhorchaigh a ceannaithe agus thosaigh sí ag cúbadh chuici féin go tapa. D'imigh an gáire mealltach dá haghaidh óg, álainn agus tháinig aoibh an doichill ina áit.

"An garda nó bleachtaire thú?" a d'fhiafraigh sí de go giorraisc.

"Ní hea in aon chor, a Mhartina. Bhí mé ag féachaint timpeall orm agus ní fhaca mé Adéla in aon áit. An ea nach bhfuil sí ag obair anseo a thuilleadh? Bhí mé anseo coicís ó shin agus rinne sí rince príobháideach dom. Is maith liom í go mór. Dúirt mé léi go mbeinn thar n-ais anseo anocht agus gheall sí go mbuailfeadh sí liom arís."

D'fhéach sí air go hamhrasach. Ní raibh sé cinnte ar chreid nó nár chreid sí a raibh ráite aige. Ní raibh an t-eolas i dtaobh Adéla a bhí i seilbh Kojak fós i mbéal an phobail.

Labhair sí go mall, réidh.

"Tá Adéla marbh. Maraíodh í oíche Dé Céadaoin seo caite ."

"Maraíodh í? Ní thuigim."

D'fhéach sí timpeall uirthi go faiteach. Bhí sé soiléir nár theastaigh uaithi mórán a rá i dtaobh na mná a maraíodh.

"Dúnmharú atá i gceist agat, an ea? Cé a chuirfeadh cailín chomh hálainn, chomh séimh le hAdéla chun báis ?"

Chuir sí méar lena beola.

"Shh . . . labhair os íseal, más é do thoil é. Ceannaigh deoch dom agus ansin beidh ort íoc as rince príobháideach má theastaíonn uait go bhfreagróidh mé an cheist sin."

"Tá go maith, a Mhartina. An gceannóidh mé buidéal seaimpéin agus is féidir linn an buidéal a roinnt eadrainn . . ?"

"Ná déan, in ainm Dé! Is fuath liom seaimpéin thar aon deoch ar domhan. Ceannaigh gloine branda dom agus pé deoch a thaitníonn leat féin . . ."

Caibidil a Seacht
Níor chathair mar a tuairisc í Adéla

€100 an táille ba lú a bheadh le híoc as rince príobháideach sa PleasureDome. Bhí cuma fathaigh ar an té ar thug Kojak an dá nóta €50 dó, é suite ag bord beag ag an gcúldoras. Nuair a tugadh an t-airgead dó bhrúigh sé cnaipe agus osclaíodh an cúldoras agus ligeadh Kojak agus Martina siar go dtí an áit ina raibh na cubhachailí príobháideacha. D'aimsigh Martina cubhachail nach raibh in úsáid agus chuaigh siad isteach ann. D'iarr sí air suí ar an tolg bréagleathair agus thosaigh sí ag rince dó, a corp á lúbadh agus á chasadh aici go macnasach, gáirsiúil, mealltach. Chroith Kojak a cheann agus rinne comhartha léi suí ar an tolg ina theannta, rud a rinne sí go drogallach, comhartha ceiste ina súile móra donna.

"Cá bhfios duit gur Adéla an t-ainm a bhí uirthi?" a d'fhiafraigh sí de go hamhrasach, í ag breathnú go géar isteach ina shúile.

Baineadh stangadh as Kojak. Bhí botún déanta aige. Conas a d'fhéadfadh sé a bheith chomh míchúramach sin? Ní bhainfeadh na cailíní a bheadh ag rince sna clubanna seo leas as a n-ainmneacha dílse riamh ach bheadh ainmneacha bréige acu.

"Sin an t-ainm a thug sí dom," ar seisean agus eagla an domhain air go raibh an phraiseach ar fud na mias ar fad. "Bhí mé cinnte go ndúirt sí gur Adéla an t-ainm a bhí uirthi . . . Bhí mé ar meisce an oíche chéanna . . . B'fhéidir go bhfuil dul amú orm agus gur Arlena nó Amanda a dúirt sí . . ."

"Ní bheadh Adéla chomh mídhiscréideach . . ."

Thuig Kojak go raibh sé i sáinn mhór. Bheadh air dul sa seans.

"Ó sea, Marilyn. Is cuimhin liom anois. Marilyn! B'in a hainm. Ach táim cinnte gur Adéla a dúirt sí nuair a bhí mé ag fágáil slán aici . . ."

Thuig sé láithreach gur roghnaigh sé an t-ainm ceart. Murach go raibh cosúlacht an-mhór idir í féin agus Marilyn Monroe sa ghrianghraf di a seoladh chuige bhí a phort seinnte.

" Is deacair dom a chreidiúint go scaoilfeadh sí a hainm dílis leat . . ."

"Táim cinnte gur dhein. Ar ndóigh, d'fhéadfadh dul amú a bheith orm. Sea, Marilyn an t-ainm a d'úsáid sí ar feadh na hoíche ach Adéla an t-ainm a thug sí dom agus mé ag fágáil slán aici . . ."

"Ceapaim fós go bhfuil dul amú ort. Ar cheannaigh tú deochanna di?"

"Cheannaigh mé buidéal seaimpéin agus d'ól sise i bhfad níos mó de ná mar a d'ól mé féin. Nílim féin rócheanúil ar an seaimpéin. Is fearr liomsa an Jack Daniels."

Rinne sí meangadh beag gáire.

"Is é an branda mo rogha dí. Is aoibhinn liom coinneac Rémy Martin."

Lig Kojak osna mhór faoisimh. Bhí an ghéarchéim sin curtha de aige, ar éigean.

"An raibh tú cairdiúil le hAd . . . le Marilyn?"

"Bhíomar cairdiúil go leor. Ba chailín an-deas í ach bhí fadhb óil aici. B'in an fáth . . ."

Stop sí gan choinne. D'fhéach sí go hamhrasach ar Kojak arís.

" Agus an bhféadfá a rá liom cad chuige a bhfuil an t-eolas seo faoi . . . faoi Marilyn ag teastáil uaitse?"

D'fhéach sé sna súile uirthi. Smaoinigh sé go tapa.

"Táim ag déanamh taighde faoi láthair. Táim ag iarraidh an gháinneáil ghnéis neamhdhleathach a fhiosrú chun a fháil amach an bhfuil sárú ar chearta daonna i gceist. Táim ag obair sa Roinn Acmhainní Daonna i gColaiste na hOllscoile Bhaile Átha Cliath agus caithfidh mé léacht a thabhairt ar an ábhar i siompóisiam a bheidh ar siúl i Heilsincí ag Coinbhinsiún Chomhairle na hEorpa maidir le gníomhaíocht in aghaidh Gháinneáil ar Dhaoine i mí na Samhna."

Thug sé faoi deara láithreach gur chreid sí é.

"Bhí Mar . . . Adéla an-cheanndána. Ba mhinic a dúirt mé léi a bheith níos cúramaí leis na custaiméirí nuair a bheadh sí ólta. Ós rud é go raibh sí ag obair le gníomhaireacht ban comórtha sa chathair bhí baol ann go gcuirfeadh sí aithne ar shíceapatach nó dhó, mar tá go leor díobh sin amuigh ansin, táim á rá leat."

"Agus an bhfuil aithne agatsa orthu?"

D'fhéach sí air go hairdeallach, amhrasach an babhta seo.

"B'fhearr liom gan a rá leat."

"Níl ach dhá rud uaim, a Mhartina. An dtagann éinne díobh isteach anseo agus an bhféadfá ainm na gníomhaireachta comórtha a thabhairt dom agus scaoilfidh mé leat ansin."

Thosaigh sí ag druidim amach as an gcubhachail. Stop sí agus í ar tí an cuirtín dearg veilbhite a bhí ag folach na háite ar shoilse an dorchla a tharraingt trasna agus d'iompaigh ina threo. Nuair a labhair sí an babhta seo bhí géire ina guth.

"Caithfidh mise dul thar n-ais láithreach. Bhí síceapatach ceart istigh anocht. Chaith sé tamall maith ina sheasamh leis féin ag breathnú ar Chlaudia ag rince ar an urlár . . . Fear tatúnna . . . 'an Dragan' an leasainm atá againn air. Is *creep* ceart é agus cuireann sé sceon ar Chlaudia bhocht – cailín na gruaige faide finne – nuair a thosaíonn sé ag stánadh uirthi. Ó, sea, agus is é ainm na gníomhaireachta sin ná Black Swans."

Leis sin, tharraing sí an cúirtín trasna agus d'imigh as amharc.

CAIBIDIL A HOCHT

Ní mar a shíltear a bhítear i gcónaí!

Bheadh ar Kojak cuairt a thabhairt ar Chorcaigh i gceann seachtaine chun fiosrúcháin a dhéanamh ar an ngníomhaireacht ban comórtha Black Swans. B'in an smaoineamh a bhí ina cheann agus é ag tiomáint suas Bóthar an Iarthair tráthnóna Dé Luain. Ní raibh sé i gceist aige fanacht rófhada i dteannta Bhearnairdín ach ba mhaith leis a fháil amach an raibh sí socraithe isteach faoin am sin. Theastaigh uaidh bualadh le hAisling freisin mar nár leag sé súil uirthi le breis agus bliain. Bhíodh sé den tuairim gur drochthionchar a bhí aici ar Bhearnairdín ach b'fhéidir go raibh dul amú iomlán air fá dtaobh di.

D'fhéach sé ar a uaireadóir. Bhí sé ag druidim le a sé a chlog. Ba cheart d'Aisling a bheith fillte ar Chorcaigh um an dtaca seo. Pháirceáil sé an carr ar an mbóthar lasmuigh den teach árasáin. Tháinig Bearnairdín anuas an staighre chun é a ligint isteach. Ní raibh Aisling fillte fós ach bhí sí ag súil léi aon nóiméad anois. Bheadh a buachaill ina teannta, dúirt sí. Bhí ionadh ar Kojak go raibh an áit coinnithe chomh glan aici. Bhí an chistin ar cúl, an seomra suite i lár baill agus an dá sheomra codlata ar dheis agus ar clé.

"An bhfuil buachaill Aisling ag fanacht ina teannta anseo?" a d'fhiafraigh Kojak di.

Dheargaigh Bearnairdín.

"Ní go rialta. Fanann sé anseo ó thráth go chéile nuair a bhíonn sé i gCorcaigh. Ní bhíonn sé anseo ach uair sa mhí, de ghnáth."

"Ní mac léinn é mar sin?"

"Tá céim bainte amach aige san ollscoil. Bronnadh an chéim air anuraidh. Is innealtóir meicniúil é agus tá sé ag obair le comhlacht comhbhall gluaisteán a bhfuil brainsí aige i mBaile Átha Cliath, i Luimneach agus i gCorcaigh. Caitheann sé cuid mhaith dá shaol ar an mbóthar. Dáiríre píre, is fíorannamh a bhíonn sé anseo."

"An bhfuil sé féin agus Aisling mór le chéile nó an ag meilt ama atá an bheirt acu, meas tú?"

Bhain an cheist stangadh as Bearnairdín. Ní raibh sí ag súil lena leithéid de cheist óna hathair.

"Ní chuirim aon cheisteanna mar sin orthu, a dhaid. Is daoine fásta iad, in ainm Dé, agus níl sé i gceist agamsa a bheith á gcrá le ceisteanna i dtaobh a saoil phearsanta."

Thuig Kojak nár cheart dó an cheist sin a chur ar a iníon. Chroith sé a cheann. Bhí sé ag ligint dá ghairm mar bhleachtaire an lámh in uachtar a fháil ar a shaol príobháideach arís. Bhí sé i bhfad ró-chosantach i dtaobh a iníne. B'in bun agus barr an scéil. Níor mhaith leis go mbeadh drochthionchar ag Aisling uirthi. Ní raibh sé sásta a admháil go raibh sí naoi mbliana déag d'aois agus go raibh aigne dá cuid féin aici. Bheadh air cead a cinn a thabhairt di luath nó mall.

"Gabh mo leithscéal, a Bhearnairdín, bhíos díreach ag iarraidh a fháil amach conas tá ag éirí le hAisling. Ní rabhas ag iarraidh . . ."

Sula raibh deis aige an abairt a chríochnú chualathas eochair ag casadh i ndoras an árasáin agus shiúil Aisling agus a buachaill isteach sa seomra suite.

Caibidil a Naoi

*Buaileann Kojak le hAisling agus a **beau**, Conrad*

Má bhain Aisling stangadh as Kojak níor stangadh é go dtí an stangadh a baineadh as nuair a leag sé súil ar an bhfear a bhí ina teannta. Ní fhaca Kojak Aisling le breis agus bliain. An uair dheireanach a chonaic sé í ba chailín í. Anois bhí cuma i bhfad ní ba shine uirthi agus a hóige tréigthe ar fad aici, dar leis. Bhí sí gléasta in éadaí faiseanta agus a haghaidh clúdaithe le smideadh, agus leis an mascára trom dubh ar a fabhraí cheapfá gur mainicín a bhí inti agus í réidh le siúl amach ar an ardán taispeána. Bhí loinnir na hóige imithe óna ceannaithe agus ina háit bhí dreach aibí, dainséarach fiú.

Maidir leis an bhfear óg a bhí ina teannta, ba bheag nár dhoirt Kojak an cupán caife a bhí aige anuas ar a léine nua nuair a dhruid sé an doras ina dhiaidh.

D'aithin sé láithreach é.

Bhí sé feicthe aige cheana féin.

Ba é an fear óg dathúil céanna a bhí ann agus a bhí ag ceannach fíona do Mhartina, an cailín as Búdaipeist, sa PleasureDome oíche Dé Sathairn.

Nuair a d'fhéach an bheirt acu idir na súile ar a chéile, thuig Kojak láithreach nár aithin an fear óg é agus lig sé osna faoisimh. Dá mba rud é gur aithin sé é bheadh an phraiseach ar fud na mias ar fad. Mar sin féin thug sé faoi deara go raibh cruas agus sotal i súile an fhir óig nár thaitin leis. 'Ní haon dóithín é an fear óg seo', an smaoineamh a neadaigh ina chloigeann.

"Bhuel, a Chathail," arsa Aisling go gealgháireach agus í ag déanamh air agus a lámha leata amach aici chun barróg a bhreith air, "fáilte go Corcaigh!"

Rug sí barróg air agus phóg ar a leiceann é.

D'fhéach sé sna súile uirthi. Amhail an fear óg a bhí ar adhastar aici, ní fhéadfá a rá go raibh cuma shaonta ar a haghaidhse ach an oiread. Dhaingnigh sé an tuairim a bhí aige gur fhás aos óg an lae inniu suas i bhfad i bhfad róthapa agus ba thrua é sin, dar leis. Ba chuimhin leis í nuair a bhí sí ina gearrchaile ag teacht agus ag imeacht as a theach i mBaile Átha Cliath agus loinnir na hóige agus na soineantachta le feiscint go soiléir ina dreach.

Ní mar sin a bhí sí anois, áfach. Nuair a d'fhéach sí sna súile air mhothaigh sé go raibh sí ag ransú a aigne féachaint cérbh iad na smaointe a bhí ceilte uirthi istigh ansin.

"Tá tú fós ag gabháil don bhleachtaireacht," ar sise go leathmhagúil agus as cúinne a shúile chonaic Kojak an fear óg agus é ag casadh go mall ina dtreo.

"Ar éigean é, mhuise," ar seisean go neafaiseach. "Ní fada eile a bheidh mé ag gabháil don chraic sin. Beidh mé ag éirí as sara fada. Dála an scéil, cé hé do chompánach, a Aisling?"

Dheargaigh sí.

"Is bleachtaire i gcónaí thusa, a Chathail! Sin é mo chara, Conrad. Is ó Maryland sna Stáit Aontaithe ó dhúchas dó ach tá sé anseo in Éirinn ó bhí sé dhá bhliain déag d'aois. Cuirfidh mé in aithne duit é."

Sméid sí anall air.

Tháinig sé chucu agus sula raibh deis ag Aisling focal a rá, shín sé lámh amach.

"Is mise Conrad Trant," ar seisean.

"Agus is mise Cathal Ó Cearúil," arsa Kojak, "athair Bhearnairdín."

Thug Kojak faoi deara nach raibh Conrad ar a shuaimhneas. Bhí sé fiarshúileach freisin. Nuair a d'fhéach sé sna súile ort bhí súil amháin – an tsúil chlé – as fócas agus í ag dearcadh i dtreo eile ar fad. Cé go raibh folt breá dubh catach air agus aghaidh dhathúil, mhothaigh Kojak go raibh cuma dhímheasúil le sonrú ar a cheannaithe.

"Á, athair Bhearnairdín. Ar chuala mé i gceart é gur bleachtaire thú?"

"Chuala. Agus cad tá ar siúl agat féin, a Chonrad?"

Sula raibh deis aige an cheist a fhreagairt, ghearr Aisling isteach ar an gcomhrá.

"Is innealtóir meicniúil é . . ."

"Ó, sea, dúirt Bearnairdín an méid sin liom. Tá tú ag obair le comhlacht . . ."

". . . le comhlacht comhbhall gluaisteán, Autosystems, atá lonnaithe thíos ar Ché an Phápa. Is speisialtóir mé ar chórais soilsithe agus ar chórais leictreachais gluaisteán. "

"Agus bíonn tú ar an mbóthar cuid mhaith . . ."

Chaolaigh Conrad na súile agus bhreathnaigh go hamhrasach ar Kojak.

"Cé a dúirt é sin leat?"

"Ní cuimhin liom anois. Bearnairdín, is dócha."

Thosaigh dreach amhrasach Conrad ag maolú.

"Bím ar an mbóthar ar bhonn rialta. Bíonn orm dul go Luimneach agus Baile Átha Cliath gach re seachtain. Tar éis na Nollag tá súil agam go mbeidh mé ag bogadh go Baile Átha Cliath go fadtéarmach. Is maith liom an éagsúlacht. Tagann fiabhras cábáin orm má bhíonn orm lá iomlán a chaitheamh istigh in oifig bheag bhrocach. . ."

Ghearr Aisling isteach air.

"Agus ar tháinig tú go Corcaigh chun súil a choinneáil ar Bhearnairdín, a Chathail?" a d'fhiafraigh sí de Kojak go leathmhagúil.

Scairt Bearnairdín amach ag gáire taobh thiar díobh.

"Beag an baol!" ar sise. "Táimse in ann aire mhaith a thabhairt dom féin faoin am seo. Tá daid anseo ar bhonn proifisiúnta amháin."

Dhorchaigh ceannaithe Chonrad.

"Ar bhonn proifisiúnta? Ní thuigim."

D'fhéach Kojak sna súile air.

"Táim ag fiosrú dúnmharú a tharla sa chathair an tseachtain seo caite, bean óg a maraíodh thíos sna dugaí."

Thug sé faoi deara nár athraigh Conrad a dhreach, ach mar sin féin thosaigh an fhuil ag tréigean a aghaidhe go dtí go raibh sí chomh bán le braillín.

Aisling ba thúisce a labhair. Bhí creathán ina guth.

"Agus cén bhaint a bheadh agatsa leis an gcás áirithe sin, a Chathail?" a d'fhiafraigh sí agus ionadh an domhain uirthi.

"Mar táthar den tuairim go bhfuil ceangal idir an dúnmharú a tharla anseo i gCorcaigh agus ceann eile a tharla i mBaile Átha Cliath cúpla lá roimhe," a d'fhreagair Kojak go neamhbhalbh.

"Ceapann daid go bhfuil sraithmharfóir amuigh ansin ag faire ar mhná óga," arsa Bearnairdín, "agus go dtí go mbéarfar air deir sé go gcaithfimid go léir a bheith san airdeall. Nach bhfuil sé sin fíor, a dhaid?"

"Tá sé fíor, a chailín," arsa Kojak agus é ag féachaint go géar ar an mbeirt bhan óga. "Ná téigí in aon áit nár cheart daoibh dul in bhur n-aonar agus bígí thar a bheith cúramach nuair a bhíonn sibh amuigh san oíche."

Thug sé faoi deara go raibh Conrad ar a sheanléim arís agus aoibh shearbhasach ag leathnú thar a cheannaithe.

"Fanaigí istigh de ló is d'oíche, a chailíní," ar seisean go fonóideach. "Beidh mise i m' uaimheach agaibh ag dul amach ag soláthar bia agus dí daoibh agus ag filleadh ar an uaimh seo gach oíche le hualach sólaistí agus cleith mhór i mo láimh agam!"

Thug Kojak faoi deara nár gháir ceachtar den bheirt bhan ach iad ag breathnú ar Chonrad go díchreidmheach.

D'fhás naimhdeas dó i gcroí Kojak.

'Nílimse réidh leatsa fós, a bhrealsúin, ná baol air,' ar seisean ina aigne féin.

"Táimse ag bualadh bóthair," a dúirt sé os ard. "Beidh orm éirí go luath maidin amárach agus aghaidh a thabhairt ar Bhaile Átha Cliath."

Phóg sé Bearnairdín go dil dúthrachtach ar a leiceann, rug barróg ar Aisling agus d'fhéach go géar sna súile ar Chonrad.

"Ná déanaigí dearmad ar a bhfuil ráite agam, a chailíní," ar seisean leo agus é ag bogadh i dtreo an dorais. "Mar a deir an seanfhocal 'is fearr féachaint amháin romhat ná dhá fhéachaint i do dhiaidh'. Ar an ábhar sin, bígí san airdeall. Go n-éirí leat, a Bhearnairdín. Feicfidh mé thú i gceann coicíse agus cuirfidh mé scairt ort uair éigin amárach."

Leis sin bhí sé imithe agus doras an árasáin druidte ina dhiaidh aige.

Caibidil a Deich
Dúnmharú eile i mBaile Átha Cliath

Bhuail Kojak isteach chuig an gCeannfort de hÍde go luath maidin Dé Céadaoin. Leag sé a thuairisc ar a dheasc mhór mhahagaine agus shuigh ar an gcathaoir dhubh leathair os a chomhair amach. Bhí an chuma ar de hÍde go raibh póit air, cé nár bhlais sé deoch mheisciúil riamh ina shaol! Mar sin féin, ba dhuine é nár ghlac sos riamh, de réir dealraimh. Árasáin ligthe ar cíos aige i Ráth Maoinis agus ar Shráid Camden. Teach saoire aige sa Spáinn. Ba mhinic a rith sé le Kojak gur beag an difríocht a bhí idir é féin agus roinnt de na coirpigh a bhí á dtóraíocht aige. É siúd ag baint buntáiste nach beag as an bpóilíneacht agus iadsan ag baint buntáiste as an gcoiriúlacht. Eisean ar an taobh ceart agus iadsan ar an taobh tuathail. Eisean istigh. Iadsan amuigh. B'in an fáth go dtagadh lagmhisneach ar Kojak go minic le scór bliain anuas. Anois ba chuma sa tsioc leis. É éirithe bréan bailithe den rud ar fad. Chun a gceart a thabhairt do na gardaí, bhí a ndícheall á dhéanamh ag a bhformhór, ach bhí an dlí agus iad siúd a bhí in ainm is a bheith i gceannas air á gcosc agus á mbacadh ar gach uile bhealach.

Chuir an leatrom agus an chaimiléireacht a bhí tar éis seilbh a ghlacadh ar an tír duairceas air. Bhí líon mór de na ceannairí tíre – polaiteoirí, seanadóirí, dlíodóirí, abhcóidí, craoltóirí – ag tochras ar a gceirtlíní féin go santach agus go leithleach agus iad beag beann ar chruatan an ghnáthdhuine agus ar thodhchaí na tíre i gcoitinne. Níorbh aon ionadh é go raibh an cleas óg imithe fiáin chun óil, chun drugaí agus chun collaíochta. Is leor nod don eolach. Tuigeann Tadhg Taidhgín. Tuigeann an t-aos óg an cur i gcéill sin acu agus déanann siad aithris orthu.

Bhí fimíneacht i ngach aon bhall. Maidir leis an gcoiriúlacht, bhí na príosúin ag cur thar maoil le mionchoirpigh ach bhí coirpigh mhóra na mbónaí bána – na baincéirí cama, na polaiteoirí santacha, na hamhantraithe saibhre, na héalaitheoirí ó cháin – ag siúl na sráideanna agus a gceann san aer acu. I dtionscal an ghnéis ba é an scéal céanna é. An tír ag cur thar maoil le hoibrithe gnéis agus iad ag freastal ar éileamh a bhí ag síormhéadú. Ráitis bhréagchráifeacha áiféiseacha á n-eisiúint go laethúil ag cáineadh an chórais, mar dhea. An scéal céanna maidir le fadhb na gáinneála ar dhaoine agus fadhbanna cosanta leanaí. Toil agus gníomh fónta. B'in an dá rud nach raibh ann. Dá bhféadfaí toil agus gníomh a chónascadh agus a chur i bhfeidhm, bheadh gach fadhb réitithe gan mhoill. Ach mo lagar! Ní raibh ag teacht ó údaráis na n-eagraíochtaí stáit a bhí freagrach as na cúramaí seo ach geallúintí, fimíneacht agus bréaga.

"Conas tá cúrsaí i gCorcaigh, a Chathail? Conas tá Cormac Ó Dúda? An raibh sé ag cur mo thuairisce?"

Bhí fonn ar Kojak a rá leis go raibh cúrsaí i gCorcaigh go hainnis, go raibh an chathair in umar na haimiléise agus go raibh Ó Dúda, ar a nós féin, ag éirí níos raimhre in aghaidh an lae ar choiriúlacht, coirpigh agus ainnise an tsaoil i gcoitinne.

"Tá cúrsaí mar a bhí riamh, a Phóil. Ní bladar go cathair Chorcaí! Sea, bhí Cormac ag cur do thuairisce ceart go leor. Aithníonn ciaróg ciaróg eile, is dócha!"

Dhorchaigh ceannaithe de hÍde. Níor thaitin dúghreann Kojak leis. Ní raibh ann ach gaige, ina thuairimsean. B'fhearr leis na gardaí agus na bleachtairí óga. É i bhfad níos éasca déileáil leo. Ní bheidís riamh ag séideadh fút nó ag iarraidh teacht i dtír ort. B'fhada leis go mbeadh Ó Cearúil glanta as a radharc ar fad.

"Ar éirigh leat aon dul chun cinn a dhéanamh? Ar tháinig tú ar aon eolas breise i dtaobh an Pimpernel seo?"

Ní raibh Kojak chun na blúirí beaga eolais ná na leideanna a bhí aimsithe aige a roinnt leis ag an bpointe seo. An rud a tharlódh dá ndéanfadh sé sin ná go gcuirfeadh mo dhuine i gcéill gur dó féin a bhí an chreidiúint ag dul, agus bheadh sé ag dul thart ag maíomh as. Rómhinic cheana a chuir sé a bhundún amach ag bailiú fianaise agus ní bhfuair sé focal buíochais dá bharr uathu siúd a bhí os a chionn.

"Is deacair a rá ag an bpointe seo, a Phóil. Is cinnte gurbh é an duine céanna a mharaigh an bheirt acu agus go bhfuil sé ag bogadh idir an dá chathair ar bhonn rialta. Caithfidh mé filleadh ar Chorcaigh i gceann coicíse chun tuilleadh fiosruithe a dhéanamh."

"Tá go maith, a Chathail. Coinnigh ar an eolas mé. Anois ní mór domsa roinnt glaonna a dhéanamh."

Chaith Kojak an lá ar fad ag iarraidh ciall a dhéanamh as cúrsaí an deireadh seachtaine. Cé gur leasc leis é a admháil dó féin, bheadh air fear na dtatúnna – an Dragan – agus Conrad Trant a chur ar liosta na n-amhrasán. Bheadh air aithne níos fearr a chur ar an Dragan agus próifíl a chruthú de.

Bhí sé níos buartha i dtaobh Chonrad Trant. Mar innealtóir meicniúil bhí sé ag tabhairt chamchuairt na tíre ó sheachtain go seachtain. Bhí rud éigin faoi nár thaitin leis. Bhí Kojak cinnte go raibh rún éigin á cheilt aige. Ach an rud ba mheasa ar fad agus an rud ba mhó a chuir imní agus sceon air ná go raibh an fear seo in aontíos lena iníon féin.

An gnó ba phráinní, áfach, ná go mbeadh air an ghníomhaireacht ban comórtha Twilight Escorts a fhiosrú agus cuairt a thabhairt ar Chlub Aphrodite agus ar Temptations, an club ina mbíodh an laprinceoir Martina ag obair sular bhog sí go

Corcaigh. Bheadh sé níos deacra é sin a dhéanamh san ardchathair mar go raibh aithne ag madraí an bhaile mhóir air ansin. Ní fhéadfadh sé dul isteach i gceann ar bith acu gan a bheith faoi bhréagriocht. Ná níorbh é an chéad uair dó dul i muinín an bréagreachta ar son na cúise.

Amach leis go dtí an oifig adhmaid *Shomera* a bhí aige thíos ag bun an chúlghairdín. Bhain sé an glas den doras agus isteach leis. Bhí dhá sheomra ann. An seomra mór chun tosaigh ina raibh oifig bheag agus leithreas. Ach bhí seomra beag ar cúl ar fad. Bhí doras an tseomra seo ceilte ó radharc ag seilf leabhar. Bhog Kojak an tseilf leabhar i leataobh agus bhain an glas den doras. Isteach leis ina thearmann príobháideach. Thart ar na ballaí bhí gearrtháin as nuachtáin agus irisí agus pictiúir de choirpigh agus d'íobartaigh greamaithe den bhalla aige. I gcúinne an tseomra bhig bhí bord beag maisiúcháin agus scáthán in airde air. Roghnaigh sé peiriúic as trí cinn a bhí in airde ar an mbord beag maisiúcháin sin. An ceann a raibh folt breá fionn uirthi.

Bhí sé ar tí í a chur ar a bhlaosc mhaol ghléineach nuair a bhuail a ghuthán póca.

An Ceannfort de hÍde a bhí ann.

"A Chathail," ar seisean go giorraisc, "tá an tríú corpán againn, is baolach. Éireannach an babhta seo. Mac léinn ollscoile anseo sa chathair a bhí ag obair go páirtaimseartha i gclub laprince . . . fan, tá ainm an chlub agam anseo in áit éigin . . . sea, tá sé agam . . . Club Temptations. Ar chuala tú riamh trácht air?"

"Níor chuala. Conas a chloisfinnse trácht ar a leithéid d'áit?" arsa Kojak go mífhoighneach.

"Bhuel, cloisfidh tú an t-uafás ina thaobh as seo amach," a d'fhreagair de hÍde go magúil agus é ag cur clabhsúir ar an gcomhrá.

Mhúch Kojak an guthán agus leag an pheiriúic fhionn anuas ar an gclár maisiúcháin go smaointeach.

Caibidil a hAon Déag

Kojak faoi cheilt sa domhan faoi thalamh sceirdiúil

Bheartaigh sé cuairt a thabhairt ar Chlub Aphrodite ar dtús. Ní raibh sé chun a chúrsa a athrú agus dul faoi dhéin Temptations. Dhéanfadh sé sin níos faide anonn sa tseachtain. Bheadh air an cás seo a fhiosrú go mall, staidéartha, deismíneach. Céim ar chéim, leid ar leid, ar thóir na fianaise. Próiseas dian, tuirsiúil, fadálach ach próiseas a bheadh air a chur i gcrích chun teacht ar an bhfírinne. Bhí seanchleachtadh aige ar an bpróiseas céanna le nach mór dhá scór bliain anuas. Bhí muinín iomlán aige as an bpróiseas seo. Thuig sé dá mba rud é go raibh sé chun an dubh a chur ina gheal ar an sraithmharfóir go mbeadh air gach cloch a bhí ar an mbealach a thiontú agus a thiontú níos mó ná uair amháin, fiú. 'Más mall is mithid', an nath cainte a d'úsáideadh sé féin agus é ag dul i mbun oibre.

Bhí Club Aphrodite an-chiúin go deo. Bhí níos mó rinceoirí ná custaiméirí ann cé go raibh sé tar éis méan oíche nuair a shroich Kojak an áit. D'ordaigh sé buidéal beorach ach sula raibh deis aige bolgam a bhaint as bhí spéirbhean chuige agus folt fada casta gruaige uirthi a bhí chomh dubh le pic.

"An bhfuil comhluadar uait?" a d'fhiafraigh sí de i dtuin mhilis Albanach.

"Ceannóidh mé deoch duit," a d'fhreagair Kojak go cosantach, "ach sin uile anocht, is baolach. Níl fonn orm dul thairis sin."

Dhorchaigh a ceannaithe. Chonaic sé an fhearg agus an dea-mhéin ag iomrascáil ina súile móra donna.

Bhuaigh an dhea-mhéin ar an bhfearg an babhta seo agus shuigh sí ar stól taobh leis.

Cheannaigh sé deoch di. Bhí an pheiriúic á caitheamh aige mar aon le spéaclaí faiseanta i bhfonsaí óir. Bhí sé lánchinnte de nach bhféadfadh éinne é a aithint sa bhréagriocht sin. Labhair sé i dtuin bhréag-Mheiriceánach freisin.

"Ó, *yeah*," ar seisean, "tá tuirse aerthurais . . . *jetlag* uafásach orm. D'eitil mé isteach ó Kennedy anocht. Táim ag dul go Gaillimh amárach. Tá an chuma ar an scéal go bhfuil an chathair seo imithe chun donais ó bhí mé anseo cheana. Daoine á ndúnmharú ar thaobh na sráide. Léigh mé ar an *Evening Herald* gur dúnmharaíodh cailín óg álainn a bhí ag obair in áit mar seo. Mac léinn ollscoile a raibh cúrsa drámaíochta ar siúl aici. Is cuimhin liom a hainm fiú. Samantha Grey nó b'fhéidir gurbh é sin a hainm rinceora . . ."

"Bhí aithne agamsa uirthi. D'oibrigh sí anseo go dtí tús an tsamhraidh agus ansin chuaigh sí go Perth na hAstráile don samhradh. Fuair sí post i gclub eile . . . ar Shráid an Phiarsaigh . . . Temptations an t-ainm atá ar an áit. Ní raibh sí ach díreach tosaithe ann . . . deich lá ó shin nó mar sin . . . Bhuail mé léi le haghaidh caifé Dé Sathairn seo caite in Bewleys ar Shráid Ghrafton. Samantha a hainm ceart. Ba as Deilginis i ndeisceart na cathrach di. Cailín álainn. A hathair marbh le fada agus a máthair ina halcólach uafásach. Ní fhéadfadh sí maireachtáil san ollscoil gan teacht isteach rialta a bheith aici. B'in an fáth . . ."

Stop sí. Bhí tocht ina glór. D'ísligh sí a ceann. Chonaic sé deoir mhór amháin ag sní anuas a leiceann i dtreo a béil. D'ardaigh sí a ceann arís.

"Aon seans go gceannófá deoch eile dom . . . a . . .?"

"Is mise Caoimhín," arsa Kojak, "Caoimhín Trant."

D'fhéach sí go géar air.

"Caoimhín Trant, a dúirt tú. Cén áit i Meiriceá a bhfuil cónaí ort, a Chaoimhín?"

"Is as Long Island dom. Éireannach as Corcaigh ba ea m'athair ó dhúchas. Rugadh i nDroichead na Bandan é ach chuaigh sé go Meiriceá in aois a sheacht mbliana déag ."

"Tá aithne agam ar dhuine den sloinne céanna a rugadh i Meiriceá ach a bhfuil cónaí air i gCorcaigh anois. Sin comhtharlúint aisteach."

Bhioraigh cluasa Kojak. Bhí sé seo suimiúil.

"Agus cé hé féin?" a d'fhiafraigh Kojak. "B'fhéidir go bhfuilim gaolta leis. Cad is ainm dó?"

"Conrad," ar sise go neafaiseach. "Conrad Trant."

Bhí ar Kojak srian a choinneáil air féin. Mhothaigh sé an fhuil ag coipeadh ina chuislí. Ní fhéadfadh sé tada a ligint air, áfach.

"Conrad Trant," ar seisean go smaointeach, "níor chuala mé riamh trácht ar dhuine den ainm sin. An amhlaidh a thagann sé isteach anseo?"

Níor thúisce an cheist curtha aige ná a thuig sé go raibh sé imithe thar fóir.

Thosaigh sí ag cúbadh chuici féin. Bhreathnaigh sí go hamhrasach air den chéad uair agus mhothaigh sé an fuacht ina guth nuair a labhair sí arís.

"Ní fhéadfainnse é sin a rá leat. Níl cead againn labhairt faoinár gcustaiméirí riamh. Cad chuige ar chuir tú an cheist sin orm, a Chaoimhín?"

Thosaigh Caoimhín ag cúlú.

"Tá brón orm a . . . a . . . "

"Regina is ainm dom, a Chaoimhín."

"A Regina. Ní raibh mé ag iarraidh a bheith fiosrach agus sin í an fhírinne. Agus is maith liom go bhfuil sibh discréideach. Dá mbeadh a fhios ag mo bhean chéile go bhfuilim istigh anseo, chaithfeadh sí amach ar thaobh na sráide mé. Gan trácht ar m'iníon Virginia."

Nuair a labhair Regina arís bhí an teannas agus an t-amhras imithe as a guth. Gnáthdhuine a bhí suite in aice léi anois, dar léi. Fear pósta agus clann aige. Ar nós formhór na bhfear a thagadh isteach an doras.

"Cén aois í d'iníon, a Chaoimhín?"

"Tá sí sé bliana déag, a Regina. Tá sí ag freastal ar *highschool* in Long Island. Ach is dócha go bhfuil an seanfhocal Gaeilge cloiste agat go minic cheana – 'nuair a bhíonn an cat amuigh bíonn na lucha ag rince!"

"Tá sé cloiste agam go minic, a Chaoimhín, cé go ndeir tú liom nach bhfuil aon fhonn rince ortsa anocht! Anois, an bhfuil tú chun an deoch sin a cheannach dom nó nach bhfuil?"

Caibidil a Dó Dhéag

Tá patrún éigin le feiscint i ngréasán casta seo an damháin alla

Dúnmharaíodh Samantha Grey in árasán faiseanta ar Bhóthar na hUaimhe, gar go maith do Pháirc an Fhionnuisce. Bhí láthair na coire faoi chosaint agus an corp fós ann nuair a shroich Kojak an áit maidin Dé Céadaoin ag a hocht a chlog. De bharr go raibh an paiteolaí ag freastal ar láthair coire i gcathair na Gaillimhe, ní bheadh sí in ann teacht go dtí a naoi a chlog.

Ligeadh Kojak isteach san árasán. Bhí corp an chailín sínte ar an leaba dhúbailte sa seomra leapa agus gan luid uirthi. A cuid fo-éadaí pulctha isteach ina béal agus marcanna ar a muineál amhail is gur tachtadh í. Nóta beag fágtha ar an leaba ag ceann an choirp. *Catch me if you can, Bogeyman!* Scríofa i bpeannaireacht pháistiúil. Thug Kojak suntas don fhocal *Bogeyman*. Bhí dul chun cinn déanta ag an Pimpernel!

Cérbh é an *Bogeyman*? Ní raibh dabht ar bith in aigne Kojak ná gurbh é féin a bhí i gceist. Ar an ábhar sin, bhí a fhios ag an Pimpernel go raibh sé ar a thóir. B'fhéidir go raibh aithne phearsanta aige air? B'fhéidir gur chuir Kojak aithne air ó thosaigh sé ag fiosrú an cháis? Cluichí intinne a bhí ar siúl aige. É ag iarraidh scanradh a chur ar Kojak! Tháinig fáthadh an gháire ar a bhéal. 'Deacair mise a scanrú!' ar seisean leis féin. 'Agus is féidir le beirt na cluichí intinne seo a imirt, a mhac. Fan go bhfeice tú. Ó, fan go bhfeice tú, a shníomhadóir slim sleamhain!'

Dhírigh sé a aire ar an té a bhí sínte amach ar an leaba. Bhí sí bliain is fiche, de réir dealraimh, agus cúrsa drámaíochta agus scannánaíochta ar siúl aici i gColáiste na Tríonóide. É i gceist aici a bheith ina haisteoir. Fógra cáiliúil teilifíse déanta aici ina bhfeictear í ag ithe barra seacláide. Corp tanaí deamhúnlaithe gan cháim. Aghaidh álainn murach go raibh na súile i riocht pléascadh leis an sceon a bhí iontu. Bás tobann a fuair sí, bás gan choinne.

Bhí an seomra leapa gan teimheal. Ní raibh oiread agus rud amháin as ord. Ná ní bhfuarthas oiread agus méarlorg amháin sa seomra. Rud a chiallaigh go raibh lámhainní á gcaitheamh ag an dúnmharfóir nó gur ghlan sé gach méarlorg a bhí fágtha aige sa seomra. Maidir leis an gcorp féin, ní raibh an chuma ar an scéal gur úsáideadh an iomarca foréigin air ach an oireadh.

Ach ní raibh Kokak róbhuartha. Luath nó mall d'fhágfaí leid bheag éigin in áit éigin. Dhéanfadh ruainne beag bídeach an gnó. Deacair éalú ón DNA!

Ní fhéadfadh sé a thuiscint ó thalamh an domhain cad chuige ar roghnaigh cailíní éirimiúla, dathúla, sofaisticiúla ceird an striapachais mar ghairm chun airgead a thuilleamh. An amhlaidh a d'fhéach siad go léir ar an scannán bréagchráifeach, áiféiseach, bréagrómánsúil *Pretty Woman* agus gur chreid siad go bhféadfadh críoch shona a bheith le saol an aingil dhorcha a mhair ar imeall an tsaoil? Thuig sé an mealladh a bhí ann, gan amhras. D'fhéadfaidís slám mór airgid a dhéanamh i dtréimhse ghairid. D'fhéadfaidís saol an mhadra bháin a bheith acu le linn na géarchéime eacnamaíochta fad a bhí chuile dhuine eile ar an ngannchuid. Bhí gach éinne den aoisghrúpa sin i mbun collaíochta ar aon chaoi, agus gan faic na ngrást á thuilleamh acu as seachas béile saor in aisce anseo agus triopall bláthanna ansiúd. Gan trácht ar chroíthe briste, geallúintí gan chomhlíonadh, bréaga, deora agus leanaí gan iarraidh.

Dá bhféadfaidís an cailín bocht a fheiscint a bhí sínte fuar marbh os a chomhair anois, gan dínit gan luid ar a corp is gan éinne farae, b'fhéidir go n-athróidís a n-aigne i dtaobh na ceirde seo.

D'fhanfadh sé ar an láthair go dtiocfadh an paiteolaí agus bheadh comhrá aige léi.

Caibidil a Trí Déag
Ar mhaithe leis féin a dhéanann an cat crónán!

Chaith Kojak dhá lá agus dhá oíche ag cíoradh a intinne i dtaobh na n-eachtraí a bhí tarlaithe go dtí sin féachaint an bhféadfadh sé an nasc is lú a fheiscint eatarthu. Thuig sé go rímhaith nach raibh aon bhlúire fianaise aimsithe fós aige a cheanglódh éinne leis na dúnmharuithe. Ní raibh fianaise imthoisceach ina sheilbh fiú, gan trácht ar fhíorfhianaise. Ní raibh aige ach tuairimí agus teoiricí. Bhí sé cinnte, áfach, go raibh an sraithmharfóir ar an eolas faoi mhodhanna bleachtaireachta agus faoi mhodhanna fiosrúcháin. Ón eolas a bhí aige ar shraithmharfóirí, thuig sé go raibh dhá aidhm acu: theastaigh uathu mná a ísliú agus theastaigh uathu an dubh a chur ina gheal ar a dtóraitheoirí. Ba léir gur bhain siad pléisiúr masmasach, claonta, masacach as an rud ar fad agus go bhfaighidís ruathar aidréanailíne as an gcoir a chur i gcrích agus a bheith in ann éalú ansin.

Ach is annamh nach ndéanfaidís botún beag éigin a dhéanfadh iad a threascairt. B'in an fáth go raibh Kojak muiníneach agus dóchasach. An paradacsa a bhain leis an rud ar fad ná gurbh é an dlí an cara ab fhearr ag lucht briste an dlí ar na saolta seo! B'in an rud a thug spreagadh agus misneach do na coirpigh. Dá mbéarfaí orthu bheadh an dlí ann chun iad a chosaint agus a ligint saor, fiú. Bhí dlíodóir nó abhcóide ag fanacht go foighneach istigh in oifig lena nglao. Agus bhí an córas saorchúnaimh dlí ann chun teacht i gcabhair orthu in am an ghátair. B'in an rud a chuir olc agus fearg ar Kojak. Na mílte bliain ó shin cuireadh an dlí ar bun chun an cine daonna a chosaint ar fhórsaí an oilc sa tsochaí. Anois bhí an dlí ann chun fórsaí an oilc sa tsochaí a chosaint ar fhórsaí na maitheasa!

Bhí dhá dhream ag éirí ní ba raimhre de réir a chéile ar fháltais na coire – na coirpigh, ar ndóigh, agus na dlíodóirí agus na habhcóidí a raibh an-saol acu ar an méid a thuillfidís as an gcóras leatromach dlí a bhí i bhfeidhm in iarthar na hEorpa agus sna Stáit Aontaithe ach go háirithe.

Nuair a thosaigh Kojak mar bhleachtaire thiar sna seachtóidí bhíodh na coirpigh sceimhlithe ina mbeatha roimh an dlí mar ag an am sin bhí sé go mór ar thaobh an íobartaigh, ach anois bhí a mhalairt de scéal ann. Dar le Kojak, bhí coirpigh – dúnmharfóirí agus sraithmharfóirí san áireamh – beag beann ar an dlí agus beag beann orthu siúd a bhí ag iarraidh é a chur i bhfeidhm. Rachadh sé chomh fada lena rá go raibh ceap magaidh á dhéanamh acu de ghníomhaireachtaí um fheidhmiú an dlí ar bhonn laethúil sna cúirteanna. Bhí an dlí ar a dtoil ag na dlíodóirí agus ag na habhcóidí, agus ag na coirpigh dá réir.

B'in an fáth go raibh Kojak chomh meáite sin ar fhianaise chrua a bhailiú. B'ionann fianaise chrua agus an Chros Chéasta in aghaidh vaimpíre. D'fhéadfadh sé – dá mbeadh sé láidir a dhóthain – rud míorúilteach a dhéanamh, coirpeach a chur i bpríosún! D'fhéadfadh sé ceart agus cothrom na Féinne a thabhairt d'íobartach bocht éigin a bhí i mbaol titim in éadóchas de bharr córais dlí gan éifeacht. D'fhéadfadh sé daoine macánta, neamhúrchóideacha a chosaint ar fhórsaí an oilc agus ligint dóibh dul i mbun a ngnó gan scáth gan eagla tamall.

An rud ab annamh! Bhí Kojak go huile is go hiomlán soiniciúil faoi phróiseas an dlí ag an bpointe seo ina shaol. Ní raibh sé ag feidhmiú mar ba cheart. Cheana féin bhí triúr ban óga áille curtha chun báis ag an síceapatach seo, an Elusive Pimpernel. Bhí a saol siúd agus saol a dtuismitheoirí agus a muintire millte, scriosta ag an mbastard mallaithe seo. Dá mbéarfaí air níor cheart go mbeadh an aga aige insint don domhan mór cad chuige ar chuir sé na gníomhartha uafásacha seo i gcrích. Níor cheart ardán a thabhairt dó a thaobh den scéal a insint. Níor cheart maithiúnas a thabhairt dó.

Ach cén mhaith a bheith ag caint. Bhí an dlí i seilbh na ndlíodóirí. Bhí na sráideanna plódaithe le coirpigh agus iad ag scigmhagadh faoi na híobartaigh bhochta a bhí sceimhlithe ina mbeatha rompu. Gach sórt bréige á insint acu le linn na trialach agus a n-abhcóidí agus a ndlíodóirí sásta an dlí a chur as a riocht chun iad a scaoileadh saor. Finnéithe scanraithe ina mbeatha freisin a mbéal a oscailt sa chúirt ar eagla go dtiocfadh cairde de chuid na gcoirpeach chucu i lár na hoíche agus iad a dhó ina leapacha. Bhí an-bhá go deo ag Kojak leo siúd 'a thóg an dlí isteach ina lámha féin' agus a chuaigh lasmuigh den dlí chun ceartas a lorg.

Lig Kojak osna chléibh.

Bheadh air bréagriocht eile a chur air féin agus cuairt a thabhairt ar Chlub Temptations féachaint an bhféadfadh sé an cás achrannach seo a bhrú ar aghaidh beagáinín.

Caibidil a Ceathair Déag
Meileann muilte Dé mall ach meilid min mín

Peiriúic chiardhubh agus spéaclaí dubhimeallacha. Croiméal dubh ina dteannta. Ní aithneodh Kojak féin é féin dá mba rud é gur chas an bheirt acu ar a chéile ar thaobh na sráide i lár an lae! Ní bheadh Kojak sásta muna mbeadh an bréagriocht go hiomlán foirfe. Dá gceapfadh sé go raibh an seans ba lú ann go n-aithneofaí é bheadh sé le ceangal. Cé gur mhothaigh sé aisteach ag bualadh le lucht aitheantais is gan tuairim acu gurbh é a bhí ann, fós féin ba chúis mhórtais dó é go bhféadfadh sé é féin a cheilt i mbréagriocht den chineál seo agus a ghuth agus a phearsantacht a chlaochlú nuair ba mhian leis.

Bhí Club Temptations dubh le daoine ar an oíche Aoine seo i ndúluachair na bliana. Caithfidh go raibh suas is anuas le dosaen laprinceoir fostaithe san áit. A bhformhór, b'eachtrannaigh iad agus gan duine ar bith acu, dar le Kojak, ní ba shine ná tríocha bliain d'aois. Bhí cóisir na stumpaí ar siúl san áit agus baicle mhór d'fhir óga ar fud na háite agus iad dallta ar meisce. A leithéid de ghleo agus de ghliogram is a bhí á dhéanamh acu. Laprinceoir le gruaig fhada rua á luascadh féin agus á húnfairt féin agus í ag polla i lár an urláir agus scata bailithe timpeall i leathchiorcal ag amharc uirthi.

Fir agus laprinceoirí ag imeacht le chéile trí na cuirtíní dearga go dtí na bothanna rince a bhí ar chúl an chlub. Choinnigh Kojak a cheann faoi. Ní raibh sé ag iarraidh aird na laprinceoirí a tharraingt air féin. B'fhearr leis fanacht mar a raibh aige agus deoch a ól go discréideach. Agus, ar ndóigh, súil ghéar a choinneáil ar na himeachtaí a bhí ar siúl mórthimpeall air. D'amharc sé os íseal i dtreo an urláir arís. Bhí cailín na gruaige rua iompaithe bunoscionn ar an bpolla faoin am seo agus a cíochbheart bainte di aici.

Baineadh geit as Kojak. Bhí fear ina sheasamh leis féin píosa beag ar shiúl ón ngrúpa sa leathchiorcal. D'aithin Kojak láithreach é.

An Dragan a bhí ann.

Bhí gloine fíona ina láimh aige. Bhí t-léine dhubh á caitheamh aige ar a raibh pictiúr d'aghaidh tíogair agus an focal *SURVIVOR* greanta air. Díreach mar a bhí sé sa PleasureDome i gCorcaigh, bhí sé ag amharc go géar ar an té a bhí á lúbadh agus á casadh féin ar an bpolla sleamhain os a chomhair amach.

Chroith Kojak a cheann.

Más rud é go raibh a shaol á chaitheamh aige ar an dóigh seo, ag dul ó chlub go club ag breathnú ar mhná óga leathnochta ag bréagaisteoireacht go mealltach, ba shuarach, truamhéalacha an saol é.

Ach má bhí cúis eile leis an ngliúcaíocht mhíchuí seo b'ábhar buartha agus imní é.

Bheadh air é a áireamh mar amhrasán feasta.

Bheadh air é a chur faoin micreascóp agus anailís a dhéanamh air. Bhí sé feicthe aige i gCorcaigh agus i mBaile Átha Cliath sna háiteanna ina mbíodh beirt de na cailíní a dúnmharaíodh ag obair. Bhí sé ráite ag Martina, an rinceoir sa PleasureDome i gCorcaigh, gur duine gránna a bhí ann agus go raibh duine de na rinceoirí eile sa chlub sin, Claudia, sceimhlithe ina beatha roimhe.

Chonaic sé duine de na cailíní ag dul trasna an urláir chuige. Bhí comhrá idir an bheirt acu. Tar éis tamaillín d'fhág sé an áit ina raibh sé agus lean an cailín go cúl an chlub. Chonaic Kojak é agus cárta creidmheasa á thógaint as a phóca aige agus é á shíneadh don bhean a bhí istigh i mboth beag. Tugadh an cárta thar n-ais dó agus d'imigh an bheirt acu trí na cuirtíní dearga i dtreo ceann de na bothanna ar cúl.

Choinnigh Kojak a shúile oscailte agus laistigh d'fhiche nóiméad bhí an bheirt acu tagtha thar n-ais isteach sa chlub arís. Bhí an rinceoir a bhí ar an bpolla i lár an urláir imithe faoi seo agus rinceoir caol ard le craiceann dorcha tagtha ina háit. D'fhill an Dragan ar an áit ina raibh sé ina sheasamh ó chianaibh. Sheas sé ansin ar feadh meandair. Ansin d'fhéach sé ar a uaireadóir, d'iompaigh ar a shála agus d'imigh amach as an gclub.

Chonaic Kojak an cailín a bhí ag rince leis cheana ag trasnú an urláir. D'ardaigh sé a cheann agus rinne teagmháil súl léi. Chas sí agus tháinig ina threo.

Thug sé faoi deara gur cailín an-dhathúil a bhí inti. Óna tuin chainte bhí sé den tuairim gur Rúiseach ba ea í.

Bhí an ceart aige. 'Olga' a hainm, dúirt sí leis, as cathair Mhoscó.

"An bhfuil aithne agat ar an bhfear leis na tatúnna a raibh tú ag rince leis anois beag?" a d'fhiafraigh sé di.

D'fhéach sí air go ceisteach.

"Cad chuige a bhfuil an t-eolas sin uait?" ar sise agus fuacht ina glór.

"Mar ní chuirfeadh sé aon ionadh orm dá mba phóilín a bheadh ann," ar seisean, ag ligint air go raibh sé imníoch.

"Póilín!" ar sise agus meangadh gáire ar a haghaidh álainn. "Ní póilín é siúd ná baol air. Nach é siúd an t-iardhornálaí Criostóir Mac Aonghusa. Ná habair nár aithin tú é! Cé thú féin ar aon chaoi? Ceannaigh deoch dom. Táim spallta leis an tart."

Caibidil a Cúig Déag
Tá an líon ag iamh ar an Dragan

Bhí Kojak san oifig ag a seacht a chlog an mhaidin dár gcionn.

Bhí ionadh air nár aithin sé Criostóir Mac Aonghusa. Bhí aithne aige air i bhfad siar nuair a bhuaigh sé neart bonn mar dhornálaí gairmiúil. Ba as ceartlár Bhaile Átha Cliath dó ó dhúchas. Andornálaí ba ea é lena ré. Ní raibh a shárú le fáil le bheith macánta faoi. Bhí sé cróga, láidir, brúidiúil agus bhíodh a chéilí comhraic sceimhlithe roimhe. Nuair a d'éirigh sé as an dornálaíocht chaith sé seal ag obair mar thiománaí tacsaí, ach de réir a chéile shleamhnaigh sé isteach i ndomhan na coirpeachta. Cúisíodh é as drugaí a dhíol agus cuireadh i bpríosún é níos mó ná uair amháin.

Nuair a scaoileadh saor é an uair dheireanach a raibh sé istigh, shocraigh sé síos le bean éigin i Luimneach agus ní raibh tada cloiste ag Kojak ina thaobh ó shin. B'in 1999. Chuir Kojak roinnt ríomhphost amach ag fiosrú Mhic Aonghusa agus tháinig freagra isteach óna chara, Dónall Ó Muircheartaigh, ar bhuille a naoi.

Bhí Mac Aonghusa bainteach le gnó an striapachais ó d'fhág sé an príosún. Bhí drúthlanna aige i mBaile

Átha Cliath, i gCorcaigh agus i Luimneach ach bhí siad cláraithe faoi ainm a mhná céile, Shirley Baldwin, Meiriceánach. Rugadh uirthi siúd agus tugadh os comhair na cúirte í ach ní raibh aon fhianaise ann chun í a chiontú agus scaoileadh saor í. Scar sí féin agus an Dragan ó chéile go luath ina dhiaidh sin. Scarúint ghairgeach a bhí ann, de réir dealraimh. Chuir sí ina leith go raibh sé tar éis í a bhatráil agus a ionsaí ar bhonn rialta le linn a bpósta agus go ndearna sé faillí ina mac óg. Dúnadh na drúthlanna agus díoladh iad ar airgead mór i mblianta deireanacha an Tíogair Cheiltigh.

Cheannaigh Mac Aonghusa árasáin nuair a thit praghsanna na dtithe. Bhí easaontas idir é féin agus coirpeach mór le rá as cathair Luimnigh agus bhog sé as an gcathair sin ar fad agus chuaigh a chónaí i gCorcaigh. Anois bhí na hárasáin a bhí aige i mBaile Átha Cliath agus i gCorcaigh ligthe ar cíos aige do rinceoirí na gclubanna. Bhí sé ina chomhúinéir ar an PleasureDome i gCorcaigh agus ar Aphrodite agus Temptations i mBaile Átha Cliath. Ní raibh tuairim dá laghad ag éinne de na rinceoirí go raibh baint aige lena ngnó ná leis na hárasáin ina raibh siad ag cur fúthu. Ba dhuine fíor-rúnda é faoin am seo agus an chloch ba mhó ar a phaidrín na laethanta seo ná aire na bpóilíní a sheachaint agus fanacht lasmuigh den phríosún.

Choinníodh sé súil ghéar ar na rinceoirí a bhí fostaithe sna clubanna. Théadh sé isteach go rialta féachaint an raibh siad ag cloí leis na rialacha. Ní bhíodh tuairim dá laghad acu siúd cérbh é. Ní bhíodh ann ach gnáthchustaiméir agus cráiteachán ina súile. B'fhuath leo é agus cheap siad gur *creep* uasfásach a bhí ann. Bhí sé de nós aige súil ghéar a choinneáil orthu agus ansin éinne a théadh ina theannta le haghaidh rince aonair, chuireadh sé ceisteanna pearsanta uirthi. Dá gceapfadh sé go raibh aon rinceoir ag bualadh le custaiméirí lasmuigh den chlub le haghaidh 'seirbhísí breise', thabharfaí bata agus bóthar di ar an toirt agus ní bhfaigheadh sí post in aon chlub rince in Éirinn ina dhiaidh sin.

Ní raibh fianaise ar bith ag na póilíní go raibh an dlí á bhriseadh aige.

Nuair a scar sé óna bhean chéile, Shirley Baldwin, phós sé bean ón mBeilg darbh Paula Leclercq go gairid ina dhiaidh sin agus bhí beirt pháistí acu. Cheannaigh sé teach mór i nGleann Maghair lasmuigh de chathair Chorcaí agus shocraigh siad síos ansin. É de nós aige trí huaire an chloig a chaitheamh sa ghiomnáisiam gach lá agus é faoi gheasa ag na tatúnna agus na t-léinte faiseanta. A chuid gruaige go léir bainte de aige agus é thar a bheith bródúil as a mhatáin shnoite agus as cruth a choirp. Ráflaí ag dul thart go raibh sé ag siúl amach le cailín sna luathfhichidí i mBaile Átha Cliath taobh thiar de dhroim a mhná céile ach ní fhéadfaí a bheith cinnte faoi sin.

Ón taobh amuigh, bhí sé 'glan' agus níor tháinig sé faoi radar na ngardaí le ceithre bliana anuas. Má bhí aon cheangal aige le coiriúlacht ní raibh siad siúd ar an eolas faoi. Sheol Ó Muircheartaigh cúpla grianghraf de ar líne chuige chomh maith.

Ní fhéadfadh Kojak gan gáire a dhéanamh.

Grianghraif ba ea iad a tógadh roinnt mhaith blianta roimhe sin nuair a bhí folt breá gruaige ar a cheann agus gan tatú ar bith ar a bhícipí nochta.

Mar sin féin bhí áit an amhrasáin tuillte agus tuillte go maith aige faoin am seo, agus é curtha ar bharr an liosta ag Kojak.

Leis sin bhuail an teileafón ar an deasc os a chomhair amach.

An Ceannfort de hÍde a bhí ann. Theastaigh uaidh labhairt le Kojak agus dúirt sé leis teacht aníos go dtí a oifig láithreach bonn.

Deireadh le CUID 1

CUID 11

Caibidil a Sé Déag
*Oíche fhliuch, stoirmiúil, sceirdiúil
ar shráideanna Chorcaí*

Oíche Dé Máirt, 22 Samhain, bhí sé ag stealladh báistí i gcathair Chorcaí. Ní chuirfeá do mhadra dubh amach dá mbeadh a leithéid agat. Bhí baol ann, de réir réamhaisnéis na haimsire, go mbeadh tuilte ann agus go mbeadh an chathair faoi uisce roimh mhaidin. Baol beag, ach níor mhór do dhaoine a bheith san airdeall. Na daoine a raibh cónaí orthu gar d'abhainn na Laoi nó a bhí lonnaithe istigh i lár na cathrach ba mhó a bhí i gcontúirt.

Ní raibh Aisling róbhuartha. Fiú dá ndéanfaí an chuid íochtarach den teach ina raibh sí féin agus Bearnairdín ag cur fúthu ar Bhóthar an Iarthair a chur faoi uisce, bhí siad slán ó bhaol an bháite thuas ar bharr an tí.

Chuir sí glao ar thacsaí teacht chun í a bhailiú.

"Wow!" arsa Bearnairdín nuair a chonaic sí í agus í gléasta suas le haghaidh dul amach, "caithfidh go bhfuil coinne the agatsa anocht, a Aisling?"

Rinne Aisling miongháire. Cinnte, bhí sí gléasta go mealltach agus go gríosaitheach ach níorbh aon rud mór é sin, dar léi. Bheadh uirthi Bearnairdín a chur ar a suaimhneas mar sin féin.

"Táim ag bualadh le roinnt cairde nár leag mé súil orthu le fada in óstán an Silver Springs ag a naoi. Is mainicín í duine acu – measaim gur luaigh mé leat cheana é – Fidelma Nic Dhiarmada. Is mainicín mór le rá i Londain í, tá's agat, agus níor mhaith liom go bhfeicfeadh sí mé sna giobail a chaithim gach lá sa choláiste. Beidh Caitríona agus Imelda ann chomh maith."

"Féachann tú féin níos áille ná mainicín ar bith anocht, a Aisling. Beidh na fir go léir ag stracadh ar an iall chun greim a fháil ort!"

"Beag an baol," arsa Aisling, i nguth íseal, modhúil. Mar sin féin ba mhaith a thuig sí go raibh an feisteas a bhí á chaitheamh aici thar a bheith *risqué*.

Leis sin chualathas cloigín an árasáin ag bualadh go géar, clingeach, mífhoighneach.

"Sin é mo thacsaí," arsa Aisling, "caithfidh mé rith."

"Tabhair aire duit féin," ar Bearnairdín go cosantach, "agus fan amach ó na siorcanna!"

Rinne Aisling meangadh beag gáire.

"Slán go fóill, a Bhearnairdín," ar sise go meidhreach agus thug póg éadrom di ar chlár a héadain. "Feicfidh mé ar maidin thú."

"Ná déan aon rud nach ndéanfainnse anois, a Aisling!"

Ní raibh deis ag Aisling freagra a thabhairt uirthi mar go raibh sí bailithe amach an doras ina puth mhilis chumhráin ag an bpointe sin.

B'in an chuimhne dheireanach a bhí ag Bearnairdín uirthi mar nár leag sí súil uirthi riamh ina dhiaidh sin.

Caibidil a Seacht Déag

*Tá Aisling ag fanacht is ag fanacht
ach níl éinne ag teacht*

Labhair fear an tacsaí léi amhail is dá mbeadh aithne mhaith aige uirthi, rud a chuir déistin ar Aisling.

"Cá bhfuil do thriall anocht?"

D'fhreagair sí é go tur, fuarchúiseach.

"Óstán an Savoy."

Chonaic sí é ag breathnú uirthi sa chúlscáthán. Tharraing sí a cóta fada timpeall uirthi chun a cosa nochta sa mhionsciorta a bhí uirthi a cheilt ar a shúile fiosracha.

"Nach uafásach an oíche í. Murach go bhfuil morgáiste mór agam ní bheinn amuigh ar oíche mar seo. Tá súil agam go bhfuil gnó mór idir lámha agatsa."

Rinne sé gáire tarcaisneach. Thuig Aisling an débhríocht agus an masla a bhí idir na línte aige.

Ní bheadh sí ag cur glao ar an gcomhlacht tacsaí sin arís.

Lig sé amach í os comhair Óstán an Savoy i lár na cathrach.

Ní raibh ach ceathrar istigh i mbeár an óstáin. Lánúin agus beirt fhear suite leo féin.

D'fhéach sí ar a huaireadóir.

Bhí sé a deich chun a naoi. Bhí sé ráite aige léi go mbeadh sé ann ag a ceathrú chun a naoi. Bhuail sí leis sa Savoy faoi thrí cheana agus b'ait léi é a bheith déanach an babhta seo. Níor theastaigh uaithi a cóta a bhaint di, deoch a ordú agus suí ansin ina haonar. Go háirithe agus an bealach ina raibh sí gléasta. Tharraingeodh sí aird na bhfear a bhí leo féin agus b'fhuath léi aire gan iarraidh sa tslí sin a tharraingt uirthi féin.

Amach léi go dtí an forhalla agus shuigh ar tholg amuigh ansin. Ní raibh duine ná deoraí farae. D'fhéach sí ar a huaireadóir arís.

Bhí sé ag druidim le a naoi a chlog.

Thabharfadh sí cúpla nóiméad eile dó sula nglaofadh sí ar thacsaí agus rachadh sí go dtí árasán a carad Eilís amuigh in Wilton. Níor mhaith léi filleadh abhaile go dtí a hárasán féin ar Bhóthar an Iarthair ar eagla go mbeadh Bearnairdín amhrasach ina taobh. Ba an-chraic go deo í Eilís agus d'fhéadfadh sí cúpla uair an chloig a mheilt gan stró ina teannta. D'fhéadfaidís curaí Síneach a ordú, buidéal fíona a roinnt agus an béile a ithe ar a sáimhín só. Nó d'fhéadfaidís dul amach go dtí teach tábhairne éigin agus cúpla deoch a bheith acu le chéile.

D'fhéach sí ar a huaireadóir arís.

Bhí sé dhá nóiméad tar éis a naoi.

Bheadh uirthi glao a chur ar Black Swans, an ghníomhaireacht chomórtha ag a raibh sí fostaithe.

Bhí sí ar tí an uimhir a dhiailiú nuair a chonaic sí a cliant ag teacht trí na doirse imrothlacha agus fuadar mór faoi.

Bhí sé thar a bheith leithscéalach.

"Brón orm, a Aingeal," ar seisean go maolchluasach, "ach bhí mé san oifig go dtí a hocht a chlog. Gnó práinneach le críochnú agam. Tá súil agam nach raibh tú ag fanacht rófhada agus nár ghoill sé rómhór ort. An bhfuil ocras ort? An rachaimid go dtí Quo Vadis le haghaidh béile agus ansin is féidir linn dul amach go Baile an Róistigh?"

Sméid Aisling a ceann. Mar a tharla bhí sí stiúgtha leis an ocras. An uair dheireanach a raibh coinne aici leis an gcliant seo chuaigh siad chuig Quo Vadis ar dtús agus bhí béile agus buidéal fíona acu ansin sula ndeachaigh siad amach go dtí an t-árasán mór galánta a bhí aige i mBaile an Róistigh. Thug sé gloine branda di sa seomra suite agus thug deis di a scíth a ligean sula ndeachaigh siad go dtí an seomra leapa.

Ní raibh caidreamh collaí uaidh.

B'amhlaidh a chuir sé iachall uirthi í féin a ghléasadh mar imreoir leadóige i sciorta beag bídeach bán agus t-léine bhán thrédhearcach. Bean óg aclaí agus gruaig fhada fhionn uirthi agus cosa fada ar dhath na gréine a ghríosaíodh a mhianta collaí, ba chosúil. Ansin thug sé liathróid agus raicéad di agus d'iarr uirthi a ligint uirthi féin gurbh í Maria Sharapova í, agus an liathróid a bhualadh in aghaidh an bhalla, cromadh síos chun an liathróid a phiocadh suas agus mar sin de. D'iarr sé uirthi freisin scread a ligean aon uair a bhuaileadh sí an liathróid leis an raicéad.

Chuir sé culaith leadóige air féin chomh maith – briste bán gairid agus bróga bána reatha – agus shuigh ar cholbha na leapa ag stánadh ar gach cor a chuireadh sí di le linn an ama. Tar éis uair an chloig nó mar sin, nuair a bhí a sháith feicthe aige, chuaigh sé isteach sa seomra folctha agus d'fhan istigh ann ar feadh leathuair an chloig nó mar sin. Nuair a tháinig sé amach arís d'iarr sé uirthi na héadaí a bhí á gcaitheamh aici a bhaint di agus iad a fhágáil ar an urlár. D'fhéach sé uirthi agus í lomnocht ar feadh tamaill bhig. D'imigh sé uaithi ansin agus chuaigh sí le haghaidh ceatha.

Nuair a tháinig sí amach as an seomra folctha bhí an seomra codlata chomh néata le nead éin aige. Ghléas sí í féin agus chuaigh isteach sa seomra suite, áit a raibh sé ag fanacht léi.

Bhí an chuma ar an scéal nach raibh uaidh ach a fhantaisíocht a chur i gcrích, mar ó thús deireadh níor leag sé lámh uirthi.

An dá uair a bhí sí leis thug sé €1000 di in airgead tirim agus póg éadrom ar chlár a héadain. Bhí branda eile aici ina theannta ansin. Nuair a d'fhéach sé ar an Rolex mór óir ar a rosta, ba chomhartha di é sin gur chóir di glao ar thacsaí. Duine an-eagraithe go deo ba ea an cliant áirithe seo, an chéad chliant a bhí ag Aisling riamh.

Agus an cliant deireanach chomh maith, gheall sí di féin. Nuair a rinne sí teagmháil le Black Swans ar dtús dúirt sí leo go mbeadh sí sásta pé éileamh a bhí ag an gcliant a shásamh dá mba rud é gur cliant fadtéarmach a bheadh i gceist agus nach mbeadh aici ach an t-aon chliant amháin ag aon am faoi leith.

Ghéill siad go drogallach dá hiarratas. Ní raibh tuairim aici cérbh é an cliant áirithe seo ach dúradh léi gur duine tábhachtach ba ea é, go raibh sé saibhir agus gur theastaigh bean óg, dhiscréideach uaidh. Bheadh ar an mbean óg seo a bheith álainn, tanaí, spórtúil agus cosa fada uirthi ar dhath na gréine. 'Rodger' an t-ainm a bhí air.

Theastaigh uaidh go mbeadh 'Aingeal' mar ainm aici sa chaidreamh a bhí eatarthu.

Dúradh léi tar éis na chéad choinne go raibh sé thar a bheith tógtha léi agus gur theastaigh sí uaidh ar bhonn seachtainiúil feasta. Dúradh léi freisin go mbeadh sé ag dul ar saoire go dtí an Astráil i mí an Mheithimh an bhliain dár gcionn ar feadh cúig seachtaine. Réitigh sé sin go hiontach le hAisling. Bheadh sí ag críochnú scrúdú na céime ag deireadh mhí na Bealtaine agus ansin ag fágáil Chorcaí ar fad.

Dá leanfadh sé air á lorg go seachtainiúil bheadh €30,000 tuillte aici faoin am sin, gan fiú caidreamh collaí a bheith i gceist. Airgead mór as fantaisíocht pháistiúil seanfhir a chur i gcrích agus é a shásamh ar an dóigh sin. Airgead bog gan aon agó nuair a smaoinigh sí ar na huaireanta fada tuirsiúla a bheadh uirthi a chur isteach i mbialann bheag shuarach nó ina seasamh laistiar de bheár brocach éigin istigh i lár na cathrach chun an tríú cuid den mhéid sin a thuilleamh . . .

"Nó b'fhéidir nach bhfuil ocras ort anocht, a Aingeal?"

Sméid sí a ceann arís. Ansin rinne sí gáire leathan, mealltach.

"Ó, tá ocras an domhain orm, a Rodger, a chroí. Ba bhreá liom dul leat le haghaidh béile. Ansin beidh mé sa ghiúmar nuair a rachaimid thar n-ais chuig an árasán le chéile. Ar mhaith leat go mbeinn mar Anna Kournikova duit anocht, a Rodger?"

Thug sí faoi deara go raibh sí tar éis dul i bhfeidhm air. Mhothaigh sí go raibh sé chomh sceitimíneach sin go raibh an fhuil ag borradh ina chuislí. Thuig sí méid na cumhachta a bhí aici air agus thug sé sin sásamh dochreidte di. Ar éigean a bhí ar a chumas labhairt bhí sé chomh corraithe sin.

"Thabharfadh . . sé . . . sin . . . plé . . . pléisiúr mór dom, a . . . a Aingeal. Ní dhéanfaidh béile te agus buidéal fíona dochar ar bith dúinn ar oíche uafásach mar seo . . ach an oiread. Téanam . . . téanam ort . . . a Aingeal álainn, más ea. Tá tacsaí ag fanacht orainn lasmuigh den doras agus tá bor . . . bord do bheirt curtha in áirithe agam chomh . . . chomh maith."

Cabidil a hOcht Déag
Tá sé in am do Kojak breith ar an neantóg

Níorbh aon bhréag é go raibh Kojak agus an Ceannfort Pól de hÍde éirithe tuirseach, traochta dá chéile. Bhí de hÍde chomh righin le barra iarainn. Níor réitigh an bheirt acu le chéile in aon chor, chun a bheith macánta faoi. Chuir cuma Kojak, faoina chloigeann maol, a chuid éadaigh neamhfhoirmiúil agus an líreacán sáite istigh ina bhéal aige níos minice ná a mhalairt, déistin air. B'fhada leis go mbeadh Kojak glanta as a radharc ar fad ionas go bhféadfadh sé foireann nua a earcú agus iad a bheith faoi bhois an chait aige.

"Tá rudaí mall go leor san fhiosrúchán sin, a Chathail," ar seisean leis ag cruinniú a bhí eatarthu in oifig mhór ghalánta an Cheannfoirt ar an gCéadaoin.

Rinne Kojak gáire beag tur.

"Más mall is mithid, a Phóil. Tá sé faighte amach agam gur aistarraing gach duine den triúr a maraíodh suim mhór airgid as an mbanc an lá sular maraíodh iad. An rud is aistí ar fad ná gurbh iad na suimeanna céanna i ngach cás freisin. €25,000. Rud atá níos suimiúla fós ná nár thángthas ar cheint rua den airgead sin ó shin. Táimse ag ceapadh . . ."

"Más é sin an méid atá faighte amach agat le mí anuas, is beag é, a Chathail. Caithfidh mé labhairt le Cormac thíos i gCorcaigh amárach."

Ghoill a chuid cainte go mór ar Kojak. Bhí sé lánchinnte go raibh sé ag iarraidh an ruaig a chur air agus nár theastaigh uaidh i ndáiríre go ndéanfadh Kojak aon dul chun cinn san fhiosrúchán.

"Ní fiú duit glaoch a chur air, a Phóil. Bhí mé féin ag labhairt leis inné agus deir sé liom nach bhfuil aon leideanna nua aimsithe aige . . ."

"Agus glacaim leis nach bhfuil aon leid nua aimsithe agat féin ach an oiread, a Chathail?"

Bhris ar an bhfoighne ag Kojak.

"Tá go leor leideanna agam cheana féin! Tá mo bhealach féin agamsa chun breith ar dhuine mar seo. Níor theip riamh orm roimhe seo agus ní theipfidh orm an babhta seo ach an oiread. Luath nó mall déanfaidh an Pimpernel botún . . ."

"Agus béarfar air! Seanscéal é sin agus meirg air, a Chathail. Tá sé ráite agat liom go minic cheana. Torthaí atá uaim, a dhuine, seachas geallúintí. Táim bréan de gheallúintí ag an bpointe seo. Muna mbeidh amhrasán aimsithe agat roimh Lá Caille táimse chun duine eile a chur i mbun an fhiosrúcháin. An dtuigeann tú leat mé?"

Choinnigh Kojak an racht feirge a bhí ag borradh istigh ann faoi smacht, ar éigean.

"Tuigim go maith. Agus ní gá duit a bheith buartha feasta. Tá deireadh go deo déanta agamsa le geallúintí. Gníomhartha a dhéanfar feasta."

"Tá súil agam go bhfuil an ceart agat," arsa de hÍde, ag iompú uaidh go dímheasúil.

'Cuirfidh mé an dubh ina gheal ortsa, a leibide leisciúil,' arsa Kojak faoina anáil agus doras oifige an Cheannfoirt á phlabadh ina dhiaidh aige ar a bhealach amach.

Caibidil a Naoi Déag

An phraiseach ar fud na mias i gCorcaigh

"Táim an-bhuartha faoi Aisling."

Giolcadh an ghealbhain a bhí ann. Dúisíodh Kojak as a thromshuan. An fón póca ag léimt ar an mbord cois leapa ba chúis leis.

Baineadh stangadh uafásach as nuair a chonaic sé cé a bhí ag glaoch air. Bearnairdín. Tháinig crith cos agus lámh air. D'fhéach sé ar an gclograidió le hais na leapa. 04:15. Uair mharbh na hoíche.

Nuair a labhair sí bhí an imní le clos go soiléir ina guth. Aisling ar iarraidh. Gan í feicthe aici ó oíche Dé Máirt. É ráite aici le Bearnairdín go bhfeicfeadh sí í an mhaidin dár gcionn. Ba chuma léi faoin gcéad oíche ach nuair nár chuala sí scéala uaithi tráthnóna Dé Céadaoin thosaigh sí ag éirí imníoch ina taobh.

Ghlaoigh sí uirthi ar a fón póca ach bhí sé múchta aici. Ansin ghlaoigh sí ar Chonrad ach ní bhfuair sí aon fhreagra. D'fhág sí teachtaireacht ar a fhón ach níor ghlaoigh sé thar n-ais uirthi. Chuir sí scairt ar a cairde Caitríona agus Imelda ach ní fhaca ceachtar acu í ná ní raibh aon choinne déanta acu bualadh léi sa Silver Springs ná in áit ar bith eile ach an oiread. Ghlaoigh siadsan ar chairde eile dá gcuid ina taobh ach ní fhaca siad siúd í.

Ag 04.05 fuair sí glaoch ó Chonrad agus dúirt sé léi gurbh é an glaoch deireanach a fuair sé uaithi ná an ceann a rinne sí ag a hocht a chlog oíche Dé Máirt. Dúirt sí leis mar a bhí ráite aici le Bearnairdín – go raibh sí ag bualadh le cairde sa Silver Springs. Dúirt sé freisin go ndearna sé iarracht glaoch uirthi ar an gCéadaoin ach go raibh an fón múchta aici. Ní raibh sé imníoch ina taobh mar go raibh sé mar nós aici a fón a mhúchadh ar feadh lá nó dhó ó am go chéile. Maidir lena fhón féin, dúirt sé go raibh an bataire imithe in ísle agus gurbh é sin an fáth nach raibh ar a chumas glaoch Bhearnairdín a fhreagairt. Bhí air é a luchtadh ina sheomra san óstán ina raibh sé ag fanacht i mBaile Átha Cliath.

A luaithe agus a chrochfadh sé suas tar éis dó a bheith ag caint le Bearnairdín, bhí sé chun dul go Corcaigh, dúirt sé.

Baineadh geit as Kojak. Bhraith sé go raibh rud éigin amhrasach agus ait faoin rud ar fad. Bhris fuarallas tríd amach nuair a bhuail an smaoineamh é go bhféadfadh a iníon bheith i mbaol. Bhí a dlúthchara ar iarraidh agus bhí duine de na hamhrasáin ar a bhealach go Corcaigh cheana féin.

Bheadh air féin dul go Corcaigh láithreach bonn.

Léim sé as an leaba agus chaith roinnt giuirléidí le chéile agus chuir isteach ina mhála taistil iad. D'ól sé cupán caife sa chistin fhuar, dhorcha. Ansin d'aimsigh sé a chuid eochracha agus dhein a bhealach i dtreo an BMW dearg a bhí páirceáilte aige ag binn an tí.

CAIBIDIL A FICHE

Tá cúrsaí i gCorcaigh gan a bheith sásúil

Nuair a shroich Kojak árasán Bhearnairdín ar Bhóthar an Iarthair thug sé suntas don Lexus 2010 mór gorm a bhí páirceáilte lasmuigh ar thaobh na sráide. Leag sé lámh ar an mboinéad. Bhí sé fós te. Carr Chonrad a bhí ann, dar leis. Carr costasach, galánta ag duine nach raibh ach tosaithe ag obair, an smaoineamh a rith leis. Bheadh ort tuarastal mór a bheith agat chun carr mar é a choinneáil faoi do thóin, dar leis. Seo carr a shamhlófá le príomhfheidhmeannach comhlachta mhóir nó le réalta mhór teilifíse ach ní shamhlófá le printíseach innealtóireachta é. Rinne sé cláruimhir agus sonraí eile an chairr a bhreacadh síos go discréideach ina leabhar nótaí sular bhrúigh sé cloigín an árasáin lena mhéar.

Nuair a shiúil sé isteach san árasán agus nuair a chonaic sé Bearnairdín agus Conrad Trant i dteannta a chéile ann roimhe, baineadh stangadh as. Gan Aisling a bheith i láthair, mhothaigh sé an-mhíchompordach an bheirt acu a fheiscint ina n-aonar le chéile. N'fheadair sé arbh é an príomhamhrasán é, ach b'amhrasán é Conrad gan aon agó. Bhuail an smaoineamh é gur chóir é a ghabháil agus a thabhairt isteach le haghaidh ceistiúcháin.

Ach ní go fóillín.

Ba mhaith leis ceist Aisling a réiteach sula ndéanfadh sé aon rud eile. Bhí cuma thuirseach, neirbhíseach, mhíchompordach ar Chonrad. Ní raibh sé ar a shuaimhneas. Pé rud a bhí ag goilliúint air, bhí sé ar cipíní.

"Cá raibh tú ag fanacht agus tú i mBaile Átha Cliath?"

D'fhéach Conrad go géarchúiseach ar Kojak. Bhí sé soiléir do Kojak go raibh sé ag súil leis an gceist áirithe sin agus go raibh an freagra ar bharr a theanga aige.

"Bhíos ag fanacht in Bewleys ar Bhóthar Nás na Rí. Sin an áit ina bhfanaim i gcónaí nuair a bhím san ardchathair. Tá sé thar a bheith áisiúil nuair a bhíonn tú ag bualadh bóthair go moch ar maidin. Tá na rátaí a ghearrtar ort réasúnta go leor freisin."

Mhothaigh Kojak gur freagra réamhullmhaithe a bhí ann. D'fhéadfadh sé seiceáil a dhéanamh air dá mba mhian leis mar bhí aithne mhaith aige ar dhuine den fhoireann ansin. Ach thabharfadh sé cead a chinn dó go fóill.

"Cá mbíonn tú ag obair nuair a bhíonn tú sa chathair?"

"Bogaim timpeall cuid mhaith ach níos minice ná a mhalairt is istigh i bpríomhoifig Autosystems ar Bhóthar Bhinn Éadair a bhím ar feadh uair nó dhó ar maidin, agus bíonn orm cuairteanna a thabhairt ar roinnt garáistí sa chathair ina dhiaidh sin. Is breá liom a bheith thar n-ais san óstán timpeall a cúig a chlog le haghaidh béile, agus seachnaím trácht trom an tráthnóna ar an dóigh sin chomh maith."

'Agus tugann sé am agus deis duit freisin dul chuig na clubanna laprince istoíche agus b'fhéidir dul i mbun dúnmharú chomh maith,' arsa Kojak ina aigne féin ach ní dúirt sé ach "An ceart ar fad agat. Bíonn an trácht ar an M50 thar a bheith trom um thráthnóna i rith na seachtaine. Níl aon tuairim agat cá mbeadh Aisling?"

D'fhéach Conrad go géar air. Más rud é gur bhain an cheist preab as níor lig sé tada air.

"Tá's agam go bhfuil duine de na cairde is fearr aici ina cónaí amuigh in Wilton. Ghlaoigh mé ar Eilís ach ní fhaca sise í le seachtain anuas. Mistéir mhór é cá mbeadh sí imithe, a . . . a . . ."

". . . Cathal m'ainm . . ."

" Gabh mo leithscéal . . . a Chathail, ach níl dabht ar bith i m'aigne ach go gcloisfimid uaithi sara fada mar is cailín thar a bheith iontaofa í Aingeal . . . gabh mo leithscéal . . . Aisling "

Stop sé de bheith ag caint. Thug Kojak faoi deara mar a dheargaigh sé a thúisce agus a bhí an botún i dtaobh a hainm déanta aige . . . Sciorradh focail nó rud ní ba thábhachtaí ná sin? Ainm eile a bhí in úsáid aici i gceann de na clubanna laprince sa chathair?

Chuir an fhéidearthacht sceon ar Kojak. Bhí a iníon ag roinnt árasáin le laprinceoir. Nó níos measa fós le sraithmharfóir.

Dá ainneoin féin chrith sé.

Sula raibh deis ag ceachtar acu focal eile a rá ghearr Bearnairdín isteach orthu ón gcistin.

"Tá bricfeasta breá ullamh agam don bheirt agaibh. Má thagann sibh isteach sa chistin anois . . ."

D'fhéach Conrad ar a uaireadóir.

"Ní bheidh aon rud agamsa, a Bhearnairdín. Rachaidh mé síos go dtí an oifig ar Ché an Phápa agus cuirfidh mé roinnt glaonna. Má chloisim aon rud déanfaidh mé teagmháil libh."

D'imigh sé leis.

Le linn an bhricfeasta chuir Kojak ceist ar Bhearnairdín.

"An bhfanann sé . . . Conrad . . . anseo nuair nach mbíonn Aisling ina theannta? An bhfuil eochracha aige don árasán seo?"

D'fhéach sí air go ceisteach agus ionadh uirthi.

"Go fíorannamh. Uair nó dhó, b'fhéidir, le mí anuas. Go bhfios dom níl aon eochair aige ach úsáideann sé eochracha Aisling, agus ligimse isteach é nuair nach mbíonn sise anseo. An bhfuil cúis faoi leith agat leis na ceisteanna seo, a dhaid?"

"Níl aon chúis faoi leith agam, a Bhearnairdín. Díreach go bhfuilim fiosrach agus go bhfuilim buartha i dtaobh Aisling ag an bpointe seo. Ar luaigh Conrad leat go raibh sé i gceist aige fios a chur ar na Gardaí?"

"Níor luaigh sé tada mar sin liom. A luaithe agus a tháinig sé isteach anseo chuaigh sé caoldíreach go dtí a seomra agus chaith tamaillín istigh ann. Ní raibh sé ach díreach tagtha amach nuair a tháinig tusa."

"Níor cheart duit ligint dó a leithéid a dhéanamh," arsa Kojak go feargach.

"Cad chuige?" arsa Bearnairdín agus ionadh uirthi.

"Tá baol ann gur láthair choire í an seomra sin anois. Níor cheart go mbeadh cead ag éinne dul isteach ann."

"Láthair choire? Cad tá i gceist agat?" arsa Bearnairdín agus cuma na heagla uirthi.

"Dá mba rud é gur tharla rud éigin di . . . go raibh timpiste aici nó rud mar sin . . ."

Sula raibh seans aige an abairt a chríochnú bhuail an guthán a bhí i bpóca a bhríste.

D'fhreagair sé é. An Sáirsint Seán Ó Murchú ó Stáisiún na nGardaí ar Shráid Anglesea a bhí ann.

"A Chathail," ar seisean go giorraisc, "tá scéala agam duit. An bhfuil tú i do dhúiseacht fós?"

"I mo dhúiseacht fós! Táim anseo i gCorcaigh le huair an chloig, a Sheáin," a d'fhreagair Kojak.

"*By dad* tá tú i do dhúiseacht *alright*, a dhuine! An féidir leat bualadh isteach chugam láithreach bonn?"

"Is féidir."

Caibidil a Fiche a hAon
Tuilleadh tubaiste chugainn!

D'fhéadfá an teannas a bhí le brath istigh i Stáisiún na nGardaí ar Shráid Anglesea a ghearradh le scian. Bhí an chuma ar an áit go raibh duine éigin básaithe.

Agus BHÍ duine éigin básaithe!

An Ceannfort Cormac Ó Dúda.

Bhí sé tar éis lámh a chur ina bhás féin. Fuair an duine ba shine dá bheirt iníonacha, Rebecca, é fuar marbh agus é i suíochán tiománaí an Mercedes istigh sa gharáiste ag druidim le meán oíche aréir. An chuma ar an scéal gur cheangail sé píobán leis an sceithphíopa agus gur líonadh an carr le múch mharfach an charbóin dé-ocsaíde.

Níor fhág sé nóta ná tada ina dhiaidh.

Arbh amhlaidh a bhí sé faoi bhrú? Bhuel, bhí rud amháin cinnte: ní raibh sé faoi bhrú airgid ar aon chaoi mar go raibh árasáin ligthe ar cíos aige ar fud na cathrach. Bhí an chuma ar an scéal freisin nach raibh fadhbanna idir é féin agus a bhean chéile, Éimear, an t-iarimreoir cáiliúil leadóige a d'imir in Wimbledon sa bhliain 1977. Maidir lena n-iníonacha, bhí Rebecca ina habhcóide i gcathair

Chorcaí agus Colette, an duine ab óige, fostaithe mar shíceolaí in Ospidéal na hOllscoile sa chathair.

Bhí ráflaí ag gabháil thart, áfach, go bhfacthas é i gcomhluadar mná óige i mbialanna sa chathair ó thráth go chéile ach ní raibh iontu ach ráflaí mar go raibh sé gafa in an-chuid imeachtaí éagsúla sa chathair – cúrsaí ealaíne agus cúrsaí amharclannaíochta san áireamh.

Cheana féin rinneadh teagmháil leis an gCeannfort de hÍde i mBaile Átha Cliath agus nuair a chuala sé go raibh Kojak i gCorcaigh ní mó ná sásta a bhí sé. D'inis Kojak dó faoi Aisling a bheith ar iarraidh agus dúirt de hÍde leis fanacht i gCorcaigh go dtí go mbeadh cúrsaí socraithe thíos ansin.

Roimh am lóin bhí teagmháil déanta le muintir Aisling. Cuireadh próifíl di le chéile agus seoladh an phróifíl sin mar aon le grianghraf reatha chuig gach stáisiún Gardaí in Éirinn agus go dtí na meáin chumarsáide. Roimh thráthnóna tháinig fear tacsaí chun tosaigh agus thug sé ráiteas do na Gardaí gur thóg sé bean óg a bhí cosúil leis an mbean óg a bhí ar iarraidh ón mbialann Quo Vadis go dtí bloc árasáin i mBaile an Róistigh istoíche Dé Máirt go gairid tar éis meán oíche. Dúirt sé go raibh fear meánaosta á tionlacan, agus cé go raibh hata báistí air, go raibh sé den tuairim gur aithin sé é.

Fiafraíodh de cérbh é an fear seo, dar leis.

Ar dtús, ní raibh sé sásta ainm an fhir a nochtadh do na Gardaí.

"Ní mór duit an t-ainm a thabhairt dúinn nó beidh orainn tú a chúiseamh in eolas a choinneáil uainn," arsa an Sáirsint Ó Murchú leis go grod.

"Níor mhaith liom carachtar éinne a scriosadh," a d'fhreagair fear an tacsaí.

"Ná bí buartha faoi charachtar daoine. Abair leat."

Ghlan fear an tacsaí a scornach agus d'fhéach sé idir na súile ar Ó Murchú.

"Táim 99% cinnte gurbh é an Ceannfort Ó Dúda a bhí á tionlacan," ar seisean go mall.

Ní i gcónaí a bhaineann fírinne leis an sean-nath ach dá dtitfeadh cleite dreoilín ar urlár an tseomra fiosrúcháin chloisfeá é leis an gciúnas a bhí ann.

Caibidil a Fiche a Dó

Bíonn an fhírinne searbh

Fuarthas corp Aisling Nic an tSionnaigh sna sceacha ar bhruach na Laoi taobh leis an Muirdhíog ag an áit a dtrasnaíonn an Shaky Bridge an abhainn. Bhí an corp fágtha sa riocht céanna is a fágadh na coirp eile: na siní bainte dá cíocha, a cuid éadaigh go léir bainte di agus a cuid fo-éadaí pulctha isteach ina béal. Nóta greamaithe den chorp: *You haven't a clue, have you, Bogeyman!*

Fear a bhí ag tógaint a mhadra le haghaidh siúlóide feadh na habhann a tháinig ar an gcorp go luath maidin Déardaoin. Bhí an corp leathcheilte sna sceacha. Baineadh stangadh uafásach as Kojak nuair a fuarthas cárta don gníomhaireacht chomórtha Black Swans ina mála láimhe. Chrith sé le neart uafáis. Cad a thug uirthi feidhmiú mar bhean choimhdeachta ag Black Swans? Nach raibh neart airgid ag a tuismitheoirí, cé go raibh siad scartha ó chéile? B'fhear gnó saibhir é a hathair, Ambrós, agus comhlacht tacsaí agus dhá theach tábhairne ina sheilbh aige. Dochtúir ba ea a máthair, Clíona, agus a cleachtadh ginearálta féin aici.

Dúirt an Ceannfort de hÍde leis go mbeadh air féin dul amach go Cluain Tairbh agus an drochscéala a thabhairt dá mháthair os rud é nach raibh Kojak i mBaile Atha Cliath.

"In ainm Dé, a Phóil, ná luaigh aon rud faoin gcárta a fuarthas ina mála léi ag an bpointe seo nó titfidh sí as a chéile ar fad. Fan go mbeidh gach rud thart."

"Ach nach mbeidh orm a rá léi go raibh sí i gcomhluadar Chormaic oíche Dé Máirt...? Deacair dom a chreidiúint go raibh claontaí lofa mar sin ann agus iníonacha dá chuid féin aige atá ar comhaois le hAisling nó níos sine ná í fiú."

"Braitheann sé sin ort féin, a Phóil. Dá mba mise thusa ní déarfainn tada mar sin léi ag an bpointe seo. D'fhanfainn go mbeadh cúrsaí socraithe síos..."

"Déanfaidh mé rud ort. Is léir go raibh Cormac gafa go huile is go hiomlán le mná óga ag imirt leadóige . . . Íosa Críost, cé a chreidfeadh é? Duine truamhéalach amach is amach. Deacair a chreidiúint go gcuirfeadh sé lámh ina bhás féin mar sin féin. Caithfidh gur mhothaigh sé go raibh an líon ag iamh air agus nach raibh rogha ar bith fágtha aige ach deireadh a chur leis féin..."

"Ar cheart dom duine éigin a ghabháil, a Phóil?"

"Déan a bhfuil le déanamh, a Chathail. Má cheapann tú gur chóir duine a thabhairt isteach, tabhair isteach é. Caithfidh go bhfuil amhrasán éigin aimsithe agat um an dtaca seo?"

"Mar a tharlaíonn tá beirt, a Phóil. Criostóir Mac Aonghusa, iardhornálaí agus coirpeach clúiteach…"

"… as Luimneach…"

"… díreach é! Tá sé agat. Duine an-dainséarach ar fad. An Dragan an leasainm atá air. Cónaí air i gCorcaigh anois. Ní dóigh liom go mbeadh cur amach agat ar an amhrasán eile. Conrad Trant is ainm dó. Fear óg é atá lonnaithe i gCorcaigh. Bhí sé ag siúl amach le hAisling ar feadh tamaill ach táimse go láidir den tuairim go raibh baint mhór aige lena dúnmharú…"

"… Ní mór duit beart a dhéanamh go práinneach mar sin, a Chathail."

"Táimse agus na Gardaí anseo chun ruathar a thabhairt faoi oifig Black Swans ar Shráid Oilibhéir Pluincéid i gceann uair an chloig, agus a gcuid comhad, ríomhairí, guthán póca, leabhar cuntais agus eile a ghabháil, agus tá Aonad Práinnfhreagartha an Gharda i mBaile Átha Cliath chun ruathar a thabhairt faoi oifig Twilight Escorts ar Shráid an Phiarsaigh ag an am céanna agus an rud céanna a dhéanamh ansin."

"Agus glacaim leis go dtabharfar isteach an bheirt sin atá luaite agat?"

"Tabharfaidh mé an Dragan isteach níos déanaí sa tráthnóna. Fágfaidh mé Trant mar a bhfuil aige go ceann tamaill eile ach cuirfidh mé feithicil faireachais ina dhiaidh chun monatóireacht a dhéanamh ar gach cor a chuireann sé de."

"Agus cad faoi d'iníon Bearnairdín?"

"Mar is eol duit, is láthair choire é an t-árasán sin anois agus beidh Garda ag cosaint na láithreach de ló is d'oíche. Tá sí chun cur fúithi lena cara Niamh i mBaile an Easpaigh go mbeidh gach rud réitithe."

"Ba cheart go mbeadh gach rud réitithe i bhfad roimhe seo, a Chathail. Chuir tú rudaí ar an mhéar fhada agus anois . . ."

Líon croí agus corp Kojak le straidhn dhoshrianta feirge. Dá mbeadh de hÍde ina fhochair stracfadh sé as a chéile é. Ach ní raibh sé chun aon sásamh a thabhairt dó. D'imreodh sé an cluiche níos fearr ná é.

"Níl éinne beo níos fearr ná mise sna cúrsaí seo, a Phóil. Níl beirthe againn ar an Pimpernel fós agus ní bheadh ar chumas éinne eile breith air ach orm féin amháin. Neamhchosúil le daoine eile nílimse ag lorg ardú céime. Níl uaim ach mo ghnó a dhéanamh agus mo ghnó a dhéanamh i gceart. An rud is annamh is iontach!"

Leis sin chuir sé deireadh leis an nglaoch agus leag an guthán póca ar an mbord.

Bhí an t-am chun gnímh tagtha.

Caibidil a Fiche a Trí

Tá fuil an dragain áirithe seo ina tine lasrach!

Ní raibh fonn cainte ar an Dragan.

"Is mise Criostóir Mac Aonghusa, iardhornálaí agus curadh Éireannach, fear gnó agus Críostaí athbheirthe. Táim go huile is go hiomlán neamhchiontach sna cúiseanna atá i m'aghaidh. Teastaíonn uaim go mbeadh mo dhlíodóir anseo le m'ais má theastaíonn uaibh aon cheist a chur orm."

Tar éis dó an méid sin a bheith ráite aige, ghlac sé móid tosta. Shuigh sé istigh sa seomra ceistiúcháin agus a shúile dírithe ar spota dofheicthe ar an mballa. Mar sin féin, bhí Kojak den tuairim gur baineadh geit uafásach as nuair a stop carr Gardaí gan mharcáil gan choinne os comhair a thí mhóir ghalánta i nGleann Maghair, agus gur cuireadh na glais lámh air. Bhí an chuma ar an scéal nach raibh sé ag súil go dtarlódh a leithéid.

Nuair a tháinig a dhlíodóir, chomhairligh sí dó gan focal a rá munar theastaigh uaidh a leithéid a dhéanamh.

"Táimse breá sásta ceisteanna a fhreagairt anois ó tá tusa anseo," ar seisean, "ach nílimse chun aon cheist a fhreagairt nach bhfuil freagra agam uirthi."

Ba iad Kojak agus an Sáirsint Ó Murchú a bhí i mbun ceistiúcháin.

"Cá raibh tú oíche Dé Máirt?" a d'fhiafraigh Ó Murchú de.

Bhí rian an gháire mhagúil ar a bheola ach bhí gráin shíoraí ina shúile. Nuair a labhair sé bhí an searbhas ina ghuth.

"Bhí mé sa bhaile le Paula, mo bhean chéile, agus le hAilbhe, an iníon is óige againn. Is féidir leat glao orthu más maith leat."

"Cé mhéad árasán atá agat san iomlán?"

"Tá ceithre cinn agam anseo i gCorcaigh, trí cinn i mBaile Átha Cliath agus bhí dhá cheann agam i Luimneach . . . Is le Shirley Baldwin, m'iarbhean chéile, an dá cheann i Luimneach anois."

"Agus an bhfuil tionóntaí agat sna hárasáin sin?"

"Tá. Tá tionóntaí i ngach ceann acu," Rinne sé gáire searbhasach. "Tá gach rud os cionn boird. Níl aon rud le ceilt agam. Íocaim cáin as gach ceint a thuillim. Cuir ceist ar mo chuntasóir, Dara Mac Diarmada ar Shráid Mhic Curtáin, más mian leat. Agus íocaim an NPPR as gach ceann acu . . ."

"An clanna nó daoine aonair a fhanann sna hárasáin seo?"

"Daoine aonair."

Ghearr Kojak isteach.

"Daoine aonair a thagann anseo ó thíortha iasachta chun obair i dtionscal an ghnéis?"

D'imigh an gáire tarcaisneach d'aghaidh an Dragain agus ina áit tháinig aoibh fheargach, bhagrach.

"Níl oiread agus striapach amháin in aon cheann de na hárasáin seo."

"Ach tá neart ban óg a oibríonn sna clubanna laprince, nach bhfuil?"

"B'fhéidir go bhfuil ach níl aon rud neamhdhleathach faoin obair sin. Is rinceoirí iad. Níl aon dlí á bhriseadh acu."

"Agus is leatsa na clubanna laprince seo, a Chriostóir?"

"Ní liomsa iad."

"An PleasureDome anseo sa chathair? Aphrodite agus Temptations i mBaile Átha Cliath? Níl aon bhaint agat leosan, a Chriostóir? Agus cad faoi Black Swans anseo agus Twilight Escorts san ardchathair?"

Dhorchaigh ceannaithe an Dragain. Chuir sé cogar i gcluas a dhlíodóra. Labhair an dlíodóir i gcogar leis ansin. Ansin dhírigh sé é féin agus labhair sé go mall.

"Táimse chomh glan leis an sneachta séidte, a Chathail," ar seisean go magúil, sotalach. "Níl tada ag éinne ormsa."

D'fhéach Kojak idir an dá shúil air.

"Tá dul amú ort ansin, a Chriostóir, a chara," ar seisean. "Tá scéal do bheatha léite agamsa agus ní scéal ródheas é. Is liosta le háireamh iad na coireanna a bhfuil tú ciontaithe iontu gan trácht ar na cinn atá curtha i do leith. Is comhúinéir thú ar na clubanna sin."

"Bíodh agat," ar seisean go feargach, "ach níl baint dá laghad agam leis na gníomhaireachtaí ban comórtha atá luaite agat . . ."

"Ach tá baint ag d'iarbhean chéile, Shirley Baldwin leo . . ."

"Sea, m'iarbhean chéile. Ní dóigh liom go bhfuil an ceart agat. Ar aon chaoi níl aon teagmháil agam léi siúd a thuilleadh agus níl aon bhaint aici leo."

D'amharc Kojak go géar air.

"Dá mba mise thusa d'inseoinn an fhírinne ag an bpointe seo, a Chriostóir. Den uair dheireanach, an féidir leat a insint dúinn cé leis na gníomhaireachtaí ban comórtha Black Swans agus Twilight Escorts?"

Chuir an Dragan cogar i gcluas a dhlíodóra arís agus d'fhreagair an dlíodóir i gcogar. Ansin labhair sí go díreach le Kojak.

"Níl ar chumas mo chliaint an cheist sin a fhreagairt ag an bpointe seo. Freagrófar é níos déanaí. Dála an scéil, an amhrasán é mo chliant i ndúnmharú na mná a fuarthas thíos ar an Muirdhíog? Mar is eol duit, ní raibh sé i bhfoisceacht scread asail den áit oíche Dé Máirt agus tá ailibí gan cháim aige. Bhí sé sa bhaile ar feadh na hoíche go léir agus tá a bhean, Paula, agus a iníon, Ailbhe, sásta an méid sin a mhionnú ar an mBíobla más gá."

D'fhéach Kojak uirthi go fuarchúiseach.

"Muna raibh do chliant thíos ar an Muirdhíog, a Eithne, bhí a Bentley SUV dubh úrnua ann, carr a chosnaíonn €150 míle, dála an scéil. Tá sé againn ar Theilifís Ciorcaid Iata. B'fhéidir gur mhaith leis a mhíniú dúinn cad chuige a raibh sé á thiomáint thart faoin Muirdíog aige ag uair mharbh na hoíche?"

Chuir an dlíodóir cogar i gcluas a chliaint. Chroith sé a cheann cúpla uair sular fhreagair sé í.

D'fhéach sé sna súile ar Kojak.

"Ceapann tú, is dócha, go bhfuil tú chun tosaigh orainn go léir," ar seisean go binbeach. "Cad chuige nach bhfuil tú ag fiosrú imeachtaí deireanacha an Cheannfoirt Uí Dhúda? Má bhí baint ag éinne le bás an chailín sin seans maith go raibh baint aige siúd leis."

Stop sé agus stán idir na súile ar Kojak arís. An babhta seo bhí meangadh gáire ar a aghaidh dhorcha rocach. Nuair a labhair sé arís bhí idir fhonóid agus bhagairt ina ghuth tarcaisneach.

"Deir éinín liom go raibh d'iníon agus an bhean óg seo mór le chéile, go raibh siad ag cur fúthu in aontíos le chéile."

Mhéadaigh ar an meangadh gáire agus ar an tarcaisne. Reoigh na focail dheireanacha a tháinig as a bhéal an fhuil i gcuislí Kojak.

"Deirtear liom freisin go raibh Ó Dúda an-tógtha le mná óga, go háirithe leo siúd a d'imreodh leadóg."

Bhí draidgháire mailíseach ar a aghaidh anois. Thuig sé go raibh a raibh á rá aige ag dul i bhfeidhm ar an mbeirt a bhí ina suí os a chomhair amach, cé go raibh a chuid goimhe ar fad dírithe ar fhear an chloiginn mhaoil.

"Cad faoi d'iníon óg féin, a Chathail?" ar seisean go hurchóideach. "Shamhlóinn go n-imríonn Bearnairdín cluiche leadóige ó am go chéile?"

Caibidil a Fiche a Ceathair
Tá Bearnairdín go mór trí chéile ag bás a carad

Chroith Kojak a cheann go gruama.

Bhíothas tar éis an Dragan a ligint amach ar bannaí €20,000 a bhí curtha ar fáil ag a bhean chéile, Paula.

"Ní raibh an dara rogha againn," arsa an Sáirsint Ó Murchú leis ar an líne theileafóin, an díomá go soiléir ar a ghuth. "Choinníomar ocht n-uaire is daichead é ach ní raibh go leor fianaise inár seilbh againn chun é a choinneáil níos faide. É sin ráite, má fhaighimid an blúire is lú fianaise nua tabharfar isteach arís é . . ."

Bhí Kojak i dteannta a iníne nuair a fuair sé an glaoch.

Bhí sí go mór trí chéile agus cé go raibh sé a dó a chlog san iarnóin bhí sí fós ina cuid pitseámaí. Bhí a haghaidh óg álainn scriosta ó bheith ag caoineadh.

"Ní chreidim focal dá bhfuil ráite agat liom, a dhaid," ar sise trína cuid deor. "Ba chailín álainn, flaithiúil í Aisling. Ba í an cara is fearr a bhí agam riamh í. Caithfidh gur botún atá ann."

D'éist Kojak léi go foighneach. Thuig sé go raibh sí an-chorraithe ar fad ag bás a carad. Níor bhac sé le hargóint a thosú léi. Ligfeadh sé di an taom a chur di agus ón aithne a bhí aige uirthi, bheadh ar a cumas na fírící gránna a thabhairt ar bord tar éis tamaill.

Bhí sé ar a bhealach go dtí an t-árasán ar Bhóthar an Deiscirt ina raibh Bearnairdín agus Aisling ag cur fúthu. Bheadh air seomra Aisling a chíoradh go mion. Mhol sé do Bhearnairdín gan an t-árasán i mBaile an Easpaig a fhágáil ar ór ná ar airgead go dtí go gcloisfeadh sí uaidh féin. Ní bheadh sí ag dul go dtí an coláiste ar aon chaoi inniu ó ba é an Satharn é, agus ní bheadh uirthi dul amach amárach ach an oiread. Bhí eagla air go bhféadfadh an Pimpernel a bheith ag faire uirthi. Le síceapatach mar é amuigh ansin . . . ní fhéadfaí a bheith cúramach go leor . . .

Bhí Niamh, an cara a bhí in aontíos léi san arasán nua, dall ar fad ar na cúrsaí seo agus dúirt Kojak le Bearnairdín gan focal a rá léi.

Bhí sochraid Aisling pléite aige lena iníon. Bheadh sí á tabhairt thar n-ais go Baile Átha Cliath ar an gCéadaoin a bhí chucu. D'fhéadfadh an bheirt acu freastal ar an tsochraid le chéile ar an Déardaoin. Cé go raibh an scéal sna meáin chumarsáide faoin am seo níor ainmníodh Aisling fós. Bhí cloiste aige go raibh siad réidh chun an scéal a bhriseadh agus go raibh siad chun grianghraf d'Aisling a chur i gcló i dteannta an scéil.

Bhí Róise, a iarbhean chéile, tar éis teagmháil a dhéanamh le Bearnairdín agus bheadh sí ag teacht go Corcaigh um thráthnóna. Bhaileodh Kojak ón stáisiún í agus thabharfadh sé síob chuig an árasán di. Bhí sí buartha i dtaobh Bhearnairdín agus baineadh geit uafásach aisti nuair a chuala sí i dtaobh Aisling.

D'fhág Kojak slán ag Bearnairdín agus thug aghaidh ar an gcathair arís.

Caibidil a Fiche Cúig
Faoi dheireadh tá urfhuascailt faighte ag Kojak

Thug an Garda a bhí ar dualgas lasmuigh den árasán i gcarr gan mharcáil ar Bhóthar an Iarthair eochair an dorais dó. An chéad rud a rith leis ná gur mhór an trua é go raibh deis ag Conrad Trant seomra Aisling a chuardach maidin Déardaoin. Dúirt an Garda leis nach bhfaca sé éinne ag crochadh thart nó ag iarraidh dul isteach san árasán fad a bhí sé féin páirceáilte ansin.

Chuaigh sé isteach i seomra Bhearnairdín ar dtús. Bhí a raibh fágtha dá cuid bagáiste ar bharr na leapa aici. Ní bheadh sí ag filleadh ar an árasán seo arís. Bheadh uirthi árasán eile a aimsiú di féin go luath mar nach bhféadfadh sí fanacht lena cara, Niamh, go fadtéarmach. B'ábhar bróin agus uafáis di go mbeadh uirthi leanúint ar aghaidh gan a dlúthchara.

Líon croí Kojak le fearg. Bhí saol sóisialta na hÉireann millte agus scriosta le blianta beaga anuas ag coirpigh agus ag bithiúnaigh. Tráth dá raibh, nuair a bhí sé féin lonnaithe i gCorcaigh, ba chathair shábháilte, dhiongbháilte í. Ach oiread le

Baile Átha Cliath b'annamh a tharla aon rud a chuirfeadh sceon ar dhuine.

Ach ní mar sin a bhí cúrsaí a thuilleadh. Bhí i bhfad níos mó cumhachta ag na coirpigh ná mar a bhí ag na Gardaí a bhí ag iarraidh breith orthu. Bhí na coirpigh ar mhuin na muice mar go raibh dlí na tíre i bhfad ró-bhog agus bhí ar a gcumas an dubh a chur ina gheal ar na húdaráis nuair ba mhian leo. Ba jóc gránna, maslach é go bhféadhfadh na coirpigh leas a bhaint as córas saorchúnaimh dlí aon uair ba mhian leo chun na híobartaigh bhochta a mhaslú agus chun ábhar magaidh a dhéanamh den chóras dlí a bhí in ainm is a bheith i bhfeidhm sa tír.

Chuaigh sé amach go dtí an chistin agus rinne iniúchadh géar ansin. Isteach leis sa seomra suite agus níor fhág sé orlach gan ransú ansin ach an oiread.

D'fhág sé seomra Aisling go dtí an deireadh.

Chuaigh sé trína cuid giuirléidí go mion, ach níor tháinig sé ar an mblúire ba lú fianaise. Cheap sé go mbeadh cárta nó uimhir theileafóin nó leidín éigin ann a thabharfadh ardú meanman dó ach mo lagar! Bhí roinnt éadaigh de chuid Conrad sa vardrús i dteannta éadaí Aisling – seaicéad dubh leathair, culaith bhán, cúpla léine agus trí cinn de charbhait. Bhí péire bróg dá chuid faoin leaba. Bhí iliomad feisteas de chuid Aisling thart faoin seomra agus i dtarraiceáin an dá chóifrín ag ceann na leapa, ach ní raibh aon fhianaise in aon áit.

Chroith Kojak a cheann go gruama. B'fhéidir go raibh an ceart ag an gCeannfort de hÍde tar éis an tsaoil. B'fhéidir go raibh cúrsaí bleachtaireachta bogtha ar aghaidh agus go raibh Kojak fágtha ar an trá fholamh ar fad. B'fhéidir nach raibh ann faoin am seo ach duine truamhéalach, meánaosta a raibh na buanna go léir a bhíodh aige mar bhleachtaire tar éis é a thréigean. Nár mhór an brealsún é nár ghlac leis an tairiscint fhlaithiúil a bhí ar fáil dó ní ba thúisce sa bhliain agus imeacht in ainm an diabhail as an jab suarach fad a bhí a dhínit agus a dhea-ainm fós aige.

Chuaigh sé amach go dtí an chistin agus shuigh ar chathaoir ann.

Bhí buaite air.

Cad a tharlódh dá mba rud é nach raibh meaitseáil dá laghad idir DNA na mban a dúnmharaíodh agus DNA na beirte amhrasán? Scaoilfí saor iad agus bheidís ag gabháil timpeall ag scigmhagadh go hoscailte faoi phóilíní agus cé chomh hamaideach agus atá na constaicí atá curtha sa bhealach orthu agus iad i mbun oibre.

Níorbh aon ionadh é go raibh lear mór daoine éirithe soiniciúil agus tuirseach traochta den chóras dlí i gcoitinne. Bhí daoine áirithe, a raibh teipthe go huile is go hiomlán orthu sásamh dá laghad a fháil sna cúirteanna, ag tógaint an dlí isteach ina lámha féin agus ag dul i muinín dhlí na dufaire.

Thuig Kojak dóibh sa chás sin.

Bhuail taom feirge é. Dá mba rud é go raibh an Dragan agus Conrad Trant ina seasamh os a chomhair amach ag an nóiméad sin rachadh sé dian air srian a choinneáil air féin agus gan iad a stracadh as a chéile.

Thóg sé líreacán líomóide amach as póca a chóta mhóir agus sháigh isteach ina bhéal é. Bhain an hata dá cheann agus leag ar an mbord é. Cad a dhéanfadh a laoch Theo Kojak dá mbeadh sé sa tsáinn chéanna leis? Bhí rud amháin cinnte. Ní ghéillfeadh sé. Ar ór ná ar airgead ní ghéillfeadh sé.

Rinne Kojak machnamh arís.

An raibh áit ar bith san árasán nár ransaigh sé? Ní fhéadfadh sé cuimhneamh ar aon rud. Bhí uair go leith caite aige agus gan tada faighte aige.

Bheadh air imeacht. Chuir sé a hata ar a cheann. Nuair a shroich sé an doras stop sé. Chas sé ar a sháil agus d'fhéach sé timpeall air. Isteach leis i seomra Aisling arís. Sheas sé i lár an tseomra. Gan choinne bhuail taom aithreachais é. Bhíodh sé ródhian uirthi, an cailín bocht, i gcónaí ag tabhairt amach fúithi, agus nuair a bhí Bearnairdín níos óige ag tabhairt rabhaidh di fanacht amach uaithi.

Ba ag an bpointe sin a thug sé faoi deara an prionta cáiliúil de Mhuhamed Ali le hAndy Warhol crochta ar an mballa os cionn na leapa. Ar ndóigh, ní raibh ann ach prionta beag agus b'fhéidir gurbh é sin an fáth nár thug sé aon suntas dó ar a chéad chuairt. Sheas sé ar an leaba agus bhain anuas é.

Bhí rud éigin dingthe isteach i bhfráma an phrionta ar a chúl.

Clúdach litreach a bhí ann. Seansheoladh agus ainm Conrad Trant ar an gclúdach:

Conrad Trant,
Árasán 3A,
Bóthar na Laoi,
Tobar Rí an Domhnaigh,
Corcaigh.

Dá ainneoin féin thosaigh a chroí ag bualadh go láidir ina chliabh. Thóg sé amach an litir a bhí istigh ann agus léigh.

12 Cluain Ard,
Tobar Phádraig,
Luimneach.
22 Feabhra 2007.

A Chonrad, a stór,

Tá súil agam go bhfuil tú go maith. Deirtear liom gur thug tú cuairt ar do leasathair amuigh i nGleann Maghair an tseachtain seo caite cé go ndúirt mé leat gan aon bhaint a bheith agat leis. Deirtear liom freisin go bhfacthas an bheirt agaibh istigh i mbialann sa chathair oíche Dé Sathairn seo a d'imigh tharainn agus beirt bhan in bhur dteannta. Glacaim leis nach raibh Paula ar dhuine acu. Deirtear liom go bhfacthas an ceathrar agaibh ag club oíche sa chathair ina dhiaidh sin.

Dúirt mé leat go minic cheana, a Chonrad, gur duine dainséarach agus duine gan puinn scrupaill é do leasathair. An botún is mó a rinne mé i mo shaol, dála an scéíl, ná an brealsún sin a phósadh, pé mí-ádh a thug orm a leithéid a dhéanamh. Nílim in ann a ainm a lua fiú, cuireann sé an méid sin déistine orm. Buíochas le Dia nár ghlac mé lena shloinne suarach nuair a phós mé é.

Tá tú óg fós, a Chonrad, gan tú ach sa chéad bhliain san ollscoil agus tá a lán le foghlaim agat. Chaith mise seacht mbliana leis an bhfear sin agus mar is eol duitse go maith, chaith sé go dona liom agus scrios sé mo shaol.

Tarlóidh an rud céanna duit féin muna mbíonn tú cúramach. Iarraim ort gan aon bhaint a bheith agat leis feasta. Glac le mo chomhairle agus fan glan air. Is brúid de dhuine é agus níl sé ach ag iarraidh teacht i dtír ort.

D'fhéadfá teacht abhaile chugamsa gach deireadh seachtaine. Ná bí buartha faoi airgead. Tabharfaidh mé an méid duit a theastaíonn uait. Bíonn d'athair ar an bhfón chugam as Maryland go rialta agus tá sé croíbhriste mar nach gcloiseann sé uait. Ba cheart duit athmhuintearas a dhéanamh leis, a Chonrad. Ní airsean an locht ar fad gur scaramar ó chéile. Dá olcas é tá sé míle uair níos fearr ná an bulaí sin de leasathair atá amuigh i nGleann Maghair.

> *Do mham ghrámhar,*
> *Shirley (Baldwin-Trant).*

Léigh Kojak an litir arís agus arís eile. Tar éis dó í a léamh den deichiú huair, shocraigh sé an pictiúr ar an mballa arís, chuir an litir thar n-ais isteach sa chlúdach agus chuir isteach i bpóca taobh istigh dá chóta í.

D'fhéach sé ar cheannaithe aitheanta Mhuhamed Ali agus le méid an teannais a bhí ina chorp phléasc sé amach ag gáire.

"Go raibh míle míle maith agat, a Mhuhamed, a chroí! Beidh mé buíoch go deo díot. Murach go raibh tú ansin romham ar an mballa bheinn i bponc ceart. Mo ghraidhin thú! Tusa faoi deara go bhfuair mé an píosa deireanach den tomhas míreanna mearaí a bhí ar iarraidh."

Agus é ag fágáil an árasáin, bhí an líreacán thar n-ais ina bhéal, feirc ar a hata agus coiscéim éadrom leis.

Caibidil a Fiche a Sé

An chuma ar an scéal go bhfuil áthas ar Kojak agus Róise bualadh le chéile arís

Bhailigh sé Róise ón stáisiún traenach ag a sé a chlog. Níor leag ceachtar acu súil ar a chéile le bliain, nach mór. An chéad rud a rith leis ná cé chomh hálainn agus a bhí sí. Ní dhearna imeacht na mblianta í a threascairt. Ón nóiméad a shuigh sé isteach sa charr in aice leis, mhothaigh sé ar bhealach aisteach éigin go raibh áthas uirthi é a fheiscint arís agus bhí gliondar air é sin a thabhairt faoi deara.

Níor thuig sé féin fós cad chuige ar scar siad. Ní raibh aon easaontas eatarthu ná níor thit siad amach le chéile. B'amhlaidh a shleamhnaigh siad ó chéile nó gur lig siad a maidí le sruth. B'in uile. Ghoill an scarúint ar Kojak mar gur chuir sé an milleán air féin ina thaobh.

Agus an carr ag dul amach Bóthar an Iarthair labhair sí leis gan choinne.

"Aon seans go bhféadfaimis stopadh ar feadh tamaill bhig agus deoch a bheith againn?"

D'fhéach sé uirthi agus ionadh air. B'in an rud díreach a dhéanadh sí nuair a bhí siad fós ina lánúin.

"Bheadh sé sin go hiontach, a Róise," ar seisean léi go gealgháireach, "ba bhreá liom dreas cainte a bheith agam leat."

Chuaigh siad isteach in Óstán Abhainn na Laoi.

"An bhfuil ocras ort?" a d'fhiafraigh sé di.

Rinne sí meangadh mór gáire.

"Táim stiúgtha!" ar sise.

Bhí béile acu agus le linn an bhéile chuir siad an saol trí chéile. Dá mbeifeá ag breathnú os íseal orthu cheapfá nár bhuail siad le chéile riamh cheana le méid na cainte a rinne siad. Cheapfá freisin gur ghnáthlánúin phósta iad a bhí tar éis dul amach le haghaidh béile le chéile.

Dúirt sé léi go raibh sé ag fanacht sa Metropole agus d'fhiafraigh sé di an raibh aon áit curtha in áirithe aici féin.

D'admhaigh sí nach raibh ach go ndéanfadh sí iarracht áit a chur in áirithe san óstán ina raibh siad ag ithe an bhéile ar a bealach amach.

"Tá lánchead agat fanacht liomsa, a Róise," arsa Kojak gan smaoineamh ar a raibh á rá aige.

D'fhéach sí air le hiontas.

"B'fhéidir gur céim rómhór domsa é sin, a Chathail, ag an bpointe seo ach . . ."

"Nílim ag iarraidh go mbeimis san aon seomra le chéile, a Róise. Níl hé sin a bhí i gceist agam, ach is féidir liom seomra a chur in áirithe duit sa

Metropole agus d'fhéadfaimis leanúint leis an gcomhrá seo níos déanaí anocht . . ."

" An-smaoineamh é sin, a Chathail. B'in díreach an smaoineamh a rith liom féin. Tá neart rudaí le plé againn, nach bhfuil?"

Rinne sí gáire croíúil agus d'fhéach idir an dá shúil air. Gháir sé siúd mar an gcéanna.

"An ceart ar fad agat, a Róise," ar seisean agus é ar tí pléascadh le méid an áthais a bhí ag líonadh gach artaire dá chorp. "Tar éis an tsaoil ní raibh comhrá ceart againn le breis agus dhá bhliain anuas. Is fada an t-achar é."

Shín sí lámh trasna an bhoird agus chuimil cúl a láimhe go cneasta.

"Rófhada," ar sise go haiféalach agus deoir mhór amháin ag sní go mall lena leiceann, "rófhada ar fad, a stór."

Caibidil a Fiche a Seacht
Bíonn súil le muir ach ní bhíonn le huaigh

Bhí slua maith de lucht caointe bailithe in Eaglais Naomh Eoin Baiste le haghaidh Aifreann na Marbh ar bhuille an mheán lae ar an Déardaoin.

Suite thíos ag cúl an tséipéil thug Kojak suntas dóibh siúd a tháinig agus nár tháinig. Bhí Bearnairdín agus Róise suite taobh leis. Theastaigh uaidh go rachadh Bearnairdín suas níos faide i dtreo an altóra ach ba ar éigean a bhí ar a chumas tabhairt uirthi teacht isteach sa séipéal, fiú. Bhí sí an-chorraithe agus na deora léi go fras. Bhí Róise amhail is nár chaith sé féin agus í féin oiread agus lá amháin scartha ó chéile.

Phléigh siad an scéal ar fad ar an Satharn sa Metropole agus bhí siad beirt ar aon fhocal go dtiocfaidís thar n-ais le chéile ar an gcéad lá de Mheitheamh na bliana a bhí chucu nuair a d'éireodh seisean as a phost mar bhleachtaire. Idir an dá linn d'fhanfadh sí mar a raibh aici san árasán a bhí ar cíos aici ar Bhóthar Lansdúin. Rinne siad socrú go mbuailfidís le chéile faoi dhó gach seachtain in Óstán an Davenport sa chathair. Bhí gliondar ar Bhearnairdín nuair a chuala sí scéal an athmhuintearais. Ghoill sé go mór uirthi go raibh siad scartha.

An chuma dhearóil, chroíbhriste a bhí ar thuismitheoirí Aisling, Clíona agus Ambrós, agus ar a deirfiúr óg, Laoiseach, bhainfeadh sí deoir as cloch. Bhí siad millte, scriosta ar fad nuair a chuala siad sonraí a báis thragóidigh. Ó foilsíodh an scéal sna meáin ar an Domhnach bhí siad céasta cráite ag tuairisceoirí agus ag grianghrafadóirí ó na nuachtáin lathaí ag lorg scéala uathu. Rinne an Ceannfort de hÍde, chun a cheart a thabhairt dó, iad a chosaint ón gclampar seo ar fad ach snámh in aghaidh easa a bhí ann den chuid ba mhó.

Thug Kojak agus Bearnairdín cuairt ar a dteach cónaithe aréir roimhe sin chun comhbhrón a dhéanamh leo agus ba dheacair a chur ina luí orthu go raibh seans ann go mbéarfaí ar an té ba chúis leis an dúnmharú. Bhí fuaire ina leith le brath, fiú amháin, amhail is dá gceapfaí go raibh ceangal éigin ag Kojak a bheith ag fiosrú na sraithdhúnmharuithe le bás a n-iníne.

Bhí an Ceannfort de hÍde agus an t-iarsháirsint, Dónall Ó Muircheartaigh, i láthair ag an aifreann agus bhí baicle mhór Gardaí lasmuigh ag féachaint chuige nach mbeidh deis ag na meáin stocaireacht a dhéanamh ar an searmanas sollúnta.

Le linn an tsearmanais thosaigh smaointe Kojak ag fánaíocht. Tugadh an Dragan agus Conrad Trant isteach maidin Dé Máirt agus tógadh samplaí dá gcuid DNA. Ligeadh amach ar bannaí arís iad agus tógadh a gcuid pasanna uathu.

Smaoinigh sé ansin ar an triúr eile a dúnmharaíodh. Paulina Jawarski, an Polannach a maraíodh i mBaile Átha Cliath, Adéla Suková, an cailín ó Phoblacht na Seice, a maraíodh i gCorcaigh agus Samantha Grey, an mac léinn ó Bhaile Átha Cliath a maraíodh ina hárasán ar Bhóthar na hUaimhe. Dá mbeadh meaitseáil cheart ann idir DNA na gcailíní a dúnmharaíodh agus duine den bheirt a gabhadh bheadh deireadh le ré an tsraithmharfóra ghránna, chlaonta sin, an Pimpernel.

D'fhreastail sé ar shochraid an Cheannfoirt Cormac Ó Dúda inné i dteannta an tSáirsint Uí Mhurchú a bhí ar siúl i Séipéal an Spioraid Naoimh in Wilton. Tar éis an aifrinn cuireadh é i Reilig Fionnbarra ar Bhóthar an Ghlaisín. Tragóid uafásach eile. Bhí trua an domhain aige dá bhean chéile agus dá mbeirt iníonacha a bhí dall ar fad ar na rudaí ba chúis leis lámh a chur ina bhás féin.

Agus é fós gafa lena chuid smaointe tharla rud a bhain stangadh as.

Shiúil Conrad Trant suas taobhroinn na heaglaise agus shuigh isteach i suíochán os a gcomhair amach.

Caibidil a Fiche a hOcht
Diaidh ar ndiaidh tá an fhírinne ag teacht amach

Tugadh Shirley Baldwin isteach le haghaidh ceistiúcháin ar an Aoine.

Duine crua ach duine ionraic a bhí inti, an smaoineamh a rith le Kojak tar éis tamaillín a chaitheamh ina teannta. Mhóidigh sí go raibh sí chun an fhírinne ghlan a insint agus nach raibh sé i gceist aici aon rud a cheilt.

Tháinig sí go hÉirinn sa bhliain 1994 nuair a theip ar a pósadh in Maryland sna Stáit Aontaithe. Thug sí a mac óg, Conrad, léi agus shocraigh siad síos i dTobar Phádraig i Luimneach. De bharr nach raibh ar a cumas post a fháil chláraigh sí le gníomhaireacht ban comórtha sa chathair agus b'in mar a chuir sí aithne ar an Dragan, Criostóir Mac Aonghusa, ar dtús. Bhí baint aige le gníomhaireachtaí comórtha agus le clubanna laprince sa chathair agus d'fhás cairdeas eatarthu. Phós sí é sa bhliain 1997 i searmanas sibhialta, an botún ba mhó agus ba mheasa a rinne sí ina saol, d'admhaigh sí.

Chaith sé go dona léi le linn a bpósta, a mhair go dtí 2004. Nuair a tháinig na Gardaí aniar aduaidh orthu i dtaobh roinnt dá gcuid árasán a bheith in úsáid mar dhrúthlanna, dhumpáil an Dragan an cac go léir anuas uirthi agus cúisíodh í i ndrúthlanna a mbainistiú, agus d'éirigh leis siúd éalú saor as an gcaismirt ar fad. Gearradh fíneáil throm uirthise agus chaith sí bliain i bpríosún. Fad a bhí sí istigh d'éirigh leis-sean teacht i dtír ar Chonrad agus a cheann a líonadh le bréaga ina taobh. Nuair a tháinig sí amach bhí sé siúd imithe go Corcaigh le bean eile agus bhí Conrad fuarchúiseach, doicheallach go fiú, ina leith. Níor éirigh riamh léi an gaol seo a bhí eatarthu a leigheas.

Bhí sé cinnte go raibh comhaltaí de na Gardaí ina phóca i Luimneach agus i gCorcaigh aige, comhaltaí a raibh baint acu le mná a d'oibrigh i dtionscal an ghnéis agus go raibh dúmhál á dhéanamh ag a hiarfhear céile orthu.

Dúirt sí rud ansin a bhain preab uafásach as Kojak agus a reoigh a chuid fola ina chuislí.

"Tá dúmhál á dhéanamh aige ar Chonrad freisin?"

"Conas sin?" a d'fhiafraigh Kojak di.

"Tá Conrad aerach, tá's agat. Níos measa ná sin tá claontaí cama gnéis ann. Tá sé gafa go huile is go hiomlán le claontaí sádmhasacacha. Ba bheag nár bhris sé mo chroí nuair a fuair mé an méid sin amach ina thaobh. Tá an t-eolas sin agus tuilleadh nach é ag a leasathair agus tá dúmhál á dhéanamh aige air. Tá ceangal na gcúig gcaol aige air agus déanann Conrad bocht pé rud a iarrann sé air a dhéanamh. Táim cinnte de gurbh é siúd a d'iarr air na cailíní bochta sin a chur chun báis nuair a tuigeadh dó go raibh siad ag iarraidh cúl a thabhairt do ghnó an striapachais."

"Ceapann tú, mar sin, gurbh é Conrad an sraithmharfóir a chuir na cailíní sin chun báis?"

"Táim lánchinnte de. Tá sé faoi gheasa ag a leasathair agus dhéanfadh sé aon rud dó. Ba cheart Conrad a chur faoi ghlas agus cabhair shíciatrach a chur ar fáil dó nó leanfaidh sé ar aghaidh is ar aghaidh . . ."

Tháinig na deora léi. Ní fhéadfadh sí focal ar bith eile a rá. Thóg sé tamall uirthi teacht chuici féin arís.

"Níl tuairim ag Jacob, a athair thall in Maryland, faoi na cúrsaí seo. Nuair a gheobhaidh sé amach a bhfuil déanta ag Conrad, rachaidh sé as a mheabhair glan, an fear bocht. Ní raibh Conrad i dteagmháil leis le seacht mbliana, ón uair a cuireadh mise i bpríosún. Ceapann sé gur innealtóir cáilithe é agus go bhfuil post maith aige. Níl tuairim aige i dtaobh a chuid claontaí agus an bhfuil a fhios agat an rud is measa ar fad . . . ?"

Stop sí i lár na ceiste agus d'fhéach go himpíoch ar Kojak.

"An rud is measa ar fad? Ní thuigim cad tá i gceist agat?" ar seisean léi.

"Go n-éireoidh leis an mbrealsún, leis an mbrúid sin, teacht slán as an rud ar fad is gan cíos, cás ná cathú air. Sin an rud is measa ar fad faoin rud go léir."

D'fhéach Kojak ar a haghaidh scriosta, mhillte agus líon a chroí le trua don bhean bhocht. Bhí an ceart ar fad aici. Thitfeadh an t-ualach pionóis ar fad ar Chonrad dá mba rud é go raibh fianaise ann gurbh é a dhúnmharaigh na mná óga.

B'in mar a bhí an dlí sa tír seo.

B'in mar a bhí an dlí . . .

B'in mar a bhí . . .

Caibidil a Fiche a Naoi
Tá deireadh tagtha le ré an Pimpernel?

Bhí sé ar bhuille a naoi maidin Dé Luain nuair a stop carr Gardaí gan mharcáil ar thaobh na sráide lasmuigh d'oifigí Autosystems ar Ché an Phápa i gcathair Chorcaí. Bhí an áit díreach oscailte agus nuair d'fhiosraigh an Sáirsint Seán Ó Murchú den chailín a bhí taobh thiar den deasc fáiltithe an raibh Conrad Trant tagtha isteach fós dúirt sí go raibh sé ina oifig óna hocht a chlog agus go mbeadh sé ag bualadh bóthair go Baile Átha Cliath laistigh d'uair an chloig.

Nuair a chnag Kojak ar dhoras a oifige chuala sé guth fann ag rá 'Tar isteach!' Nuair a chuaigh Kojak agus an Sáirsint Ó Murchú isteach, d'éirigh an té a bhí taobh thiar den deasc mhór mhahagaine ina sheasamh agus gan féachaint ina dtreo dúirt sé:

"Suígí síos ar an tolg ansin cúpla nóiméad go mbaileoidh mé mo chip is mo mheanaí. Ní bheidh mé i bhfad. Bhí mé ag súil libh. Ní gá aon ghlas lámh a chur orm. Rachaidh mé libh go toilteanach. Caithfidh mé an PC seo a mhúchadh ar dtús agus cúpla rud pearsanta a bhreith liom, munar mhiste libh."

Shuigh siad síos. Bhí lucht fóiréinsice agus lucht méarlorgaireachta ar an mbealach cheana féin ar aon chaoi agus bheidís anseo thart ar leathuair tar éis a naoi. Nuair a bhí deireadh déanta aige, sheas sé i lár na hoifige agus d'fhéach timpeall air go gruama.

"Táim ullamh," ar seisean go gruama, "agus is dócha nach mbeidh mé ag filleadh thar n-ais anseo go deo arís."

Bhí a aghaidh chomh bán le braillín agus a dhreach chomh cloíte le fear a bhí réidh le suí ar an gcathaoir leictreach agus na focail sin ag teacht as a bhéal.

Rith sé le Kojak ina dhiaidh sin go raibh sé ag súil lena dteacht agus mhothaigh sé, ar bhealach aisteach, gur fháiltigh sé rompu ag an am céanna.

Istigh sa seomra ceistiúcháin, cuireadh ar a shúile dó go raibh a chuid DNA le fáil ar chorp Aisling cé nach rabhthas ábalta aon mheaitseáil cheart a dhéanamh i dtaobh an triúir eile.

"Ní . . . ní nílim," ar seisean go mall, stadach, "chun cur in bhu . . bhur gcoinne sa chás seo. Pléadálaim cion . . . ciontach in Ais . . . Aisling a dhúnmharú. Tá an fhi . . . fhianaise agaibh ar aon nós. Cad chuige ar an ábhar sin a mbei . . mbeinnse ag iarraidh bréaga a insint. Tá beir . . . beirthe agaibh orm . . ."

Ghearr Kojak isteach air.

"Agus an bhfuil tú ag admháil gur mharaigh tú an triúr eile, a Chonrad?"

"Cinnte . . . cinnte táim. Táim sásta aon rud a theas . . . theastaíonn uaibh a chloisint a . . . a ad . . . admháil. Mhar . . . mharaigh mé gach uile dhuine den . . . den cheathrar acu . . ."

Dhírigh sé a shúile ar Kojak.

"Tá díom . . . díomá orm nár rug tú orm níos lua . . . luaithe," ar seisean. "Ní hé . . nár fhág mé neart . . . neart leideanna duit. Dá . . . dá mba rud é gur rug . . . rug tú orm coicís ó . . . ó shin bheadh Ais . . . Aisling fós ina . . . ina beatha."

D'fhéach Kojak air go fuarchúiseach. Ba dheacair trua a bheith aige dó.

"Ná bí ag iarraidh do fhreagracht sna dúnmharuithe gránna seo a shéanadh, a Chonrad," ar seisean. "Agus ná bí ag iarraidh an milleán a chur ormsa go hindíreach. Cad faoi do leasathair, Criostóir Mac Aonghusa?"

Bhí sé soiléir gur bhain an tagairt dá leasathair geit as.

"Cad faoi?" a d'fhiafraigh sé go cosantach.

Rinne Kojak gáire dóite, tur.

"Á, éirigh as an gcleasaíocht pháistiúil, a Chonrad," ar seisean go leathmhagúil. "Táimid i bhfad chun tosaigh ort. Tá fios fátha an scéil go léir ar eolas againn. Tá's againn go raibh an bheirt agaibh ag obair as lámha a chéile, go bhfuil tusa mar úinéir ar na gníomhaireachtaí comórtha Black Swans anseo i gCorcaigh agus Twilight Escorts i mBaile Átha Cliath. Tá an bheirt ban atá i gceannas orthu tógtha isteach againn agus tá siad sásta a dhearbhú go bhfuil aithne acu ort agus gur tusa a shíníonn na seiceanna faoin ainm C. Baldwin. Dúnfar an dá áit sin síos agus cúiseofar gach éinne a raibh baint acu leo as a bheith ag baint tairbhe agus brabaigh as gnó an striapachais agus gearrfar téarmaí fada príosúnachta orthu. Tusa a shíníonn na seiceanna agus tusa a bheidh thíos leis, ach is é do leasathair atá ag carnadh an airgid go léir agus is é do leasathair a scaoilfear saor agus a bheidh ag magadh fútsa fad a bheidh tusa ag lobhadh istigh i bpríosún ar feadh achair fhada."

Lig Conrad osna chléibh agus thit a cheann ar a ucht. Nuair a labhair sé arís bhí a ghuth chomh híseal sin go raibh sé deacair na focail a bhí ag teacht as a bhéal a thuiscint.

"Ach ní raibh aon . . . aon bhaint ag . . . Criostóir leis an rud seo go . . . lé . . . léir. Ní hé ba chú . . . chúis leis . . . Nílim . . nílim chun é a tharr . . . tharraingt isteach sa scé . . . scéal pé . . pé rud a thar . . . tharlóidh dom féin."

"Ba le SUV mór dubh Chriostóra a bhailigh tusa Aisling an oíche sin amuigh i mBaile an Róistigh agus thiomáin tú go dtí an Mhuirdhíog í agus dhúnmharaigh go fealltach, brúidiúil, sádach í taobh leis an Shaky Bridge ar bhruach na Laoi. Tusa a mheall isteach i ngnó dorcha an striapachais í ar mhaithe le do mhianta cama féin a shásamh agus chun fabhar a dhéanamh do do leasathair trí amhras a tharraingt ar an gCeannfort Ó Dúda agus a bheatha a chur i gcontúirt. Níor cheart duit é a sháinniú mar sin . . ."

D'fhéach Conrad go díchreidmheach ar Kojak.

"Agus cé . . . cé a thug an t-eol . . . an t-eolas sin duit? Mo mham, nach ea? Tá's agam go maith gurbh í a sceith orm. Ní raibh aon cheart aici é sin a dhéanamh. Thug mise tacaíocht di nuair a bhí sí istigh i bpríosún í féin . . ."

"Agus chuir tú iachall orthu a gcuid airgid go léir a aistarraingt as an mbanc sular dhúnmharaigh tú iad. Cad chuige nár tháinig tú féin amach i bhfad roimhe seo agus nár admhaigh tú go bhfuil tú aerach agus gur suim leat cúrsaí sádmhasacacha agus go dtugann sé pléisiúr duit pian a roinnt ar dhaoine eile?"

Sula raibh an deis aige an abairt a chríochnú lig Conrad scread phéine as a bhain macalla as balla fuaimdhíonta an tseomra cheistiúcháin. Níor chuala Kokak ná an Sáirsint Ó Murchú riamh roimhe sin ina saol scread ba ghéire ná ba dhoilíosaí. Bhí sé ar nós scread a ligfeadh ainmhí mór allta – leon nó tíogar nó béar – as agus é i mbéal an bháis. Scanraíodh an bheirt a bhí sa seomra leis chomh mór sin gur léim siad ina seasamh. Rith an Sáirsint ó Murchú go dtí an doras iata, d'oscail é agus lig scead as 'Cabhair! Cabhair!'

Maidir le Conrad Trant, chaith sé é féin ar an urlár agus rinne ceirtlín de féin faoin mbord go raibh sé cosúil le leanbh sa bhroinn agus d'fhéach idir na súile ar Kojak ag impí os ard air:

"Cuir chun báis mé, *Bogeyman*! Cuir chun báis mé, *Bogeyman*! Ní theastaíonn uaim a bheith beo níos mó. In ainm Dé, *Bogeyman*, táim ag impí ort mé a mharú . . . deireadh a chur le mo chuid fulaingte . . ."

Bhí orthu teacht agus ceangal na gcúig gcaol a chur air agus é a bhreith leo le fórsa agus gach racht screadaíola uaidh agus é á tharraingt acu as an seomra fuaimdhíonta.

CAIBIDIL A TRÍOCHA

*Braitheann Kojak go bhfuil an saol
ar a thoil aige faoi dheireadh*

Bhí sé ag druidim le haimsir na Nollag.

Bhí Kojak thar n-ais ar a sheanléim arís. Choinnigh sé féin agus Róise an geall a rinne siad: bualadh le chéile faoi dhó in aghaidh na seachtaine agus ansin bogadh isteach le chéile arís i lár mhí an Mheithimh nuair a bheadh sé féin réidh le gairm na bleachtaireachta agus ar scor faoi dheireadh.

Bhí an bheirt acu ag réiteach le chéile níos fearr ná mar a réitigh siad riamh. Ó thosaigh siad ag bualadh le chéile, bhí sé mar nós acu cuairt a thabhairt ar an amharclann uair sa tseachtain, rud a thaitníodh le Róise riamh ach nach raibh ar chumas Kojak a dhéanamh ar bhonn rialta de bharr na n-uaireanta míthráthúla a choinníodh sé. Bhí sé mar nós acu dul amach le haghaidh béile na hoícheanta eile go dtí bialanna éagsúla sa chathair. Bhí an bheirt acu ar aon fhocal faoi rud amháin: bhí siad éirithe tinn tuirseach den saol uaigneach, aonarách a bhí acu ó scar siad ó chéile.

An babhta seo ní bheadh aon chur i gcéill i gceist. Bhí ciall cheannaithe tagtha dóibh beirt agus iad meáite ar spás a thabhairt dá chéile sa socrú nua a bheadh eatarthu. Ní raibh sé i gceist acu an rud luachmhar a bhí acu tráth a chailliúint arís.

Bhí Bearnairdín ag teacht chuici féin freisin. Ghoill bás a dlúthcharad Aisling go mór uirthi agus bhí poll mór fágtha ina croí dá thoradh. Ach bhí sí ag treabhadh ar aghaidh. Bhí ag éirí go han-mhaith idir í féin agus Niamh amuigh i mBaile an Easpaig. Bhí an cailín eile a bhí ag roinnt an árasáin ag bogadh amach um Nollaig agus thug Niamh cuireadh do Bhearnairdín bogadh isteach ina teannta tar éis na Nollag. Ghlac Bearnairdín go fonnmhar leis an gcuireadh sin.

Tógadh Conrad Trant chuig an aonad speisialta in Ospidéal Síceatrach Dhún Droma coicís tar éis do Kojak agus an Sáirsint Ó Murchú é a ghabháil. Bhí sé i ndroch-chaoi ar fad agus é ar fhaire féinmharaithe de ló is d'oíche. Bhí Kojak den tuairim nach bhfeicfeadh sé solas an lae choíche ná go deo. É sin nó go n-éireodh leis lámh a chur ina bhás féin luath nó mall.

Maidir leis an Dragan bhí sé ag gabháil timpeall mar ba dhual dó is gan cíos, cás ná cathú air. Bhí sé ag tabhairt cuairteanna ar na clubanna laprince ar bhonn rialta agus bhí Kojak den tuairim go raibh sé ag scigmhagadh os íseal faoin gcóras dlí a bhí i bhfeidhm agus cé chomh héasca agus a bhí sé do choirpigh an dubh a chur ina gheal orthu siúd a bhí ag iarraidh an dlí céanna a chur i bhfeidhm.

Lig Kojak osna chléibh. I gceann sé mhí bheadh sé scaoilte saor ó laincisí na póilíneachta agus ag filleadh ar an saol normálta i ndiaidh dhá scór bliain. Bhí sé ag tnúth go mór leis agus ag tnúth níos mó leis an gcuid eile dá shaol a chaitheamh i dteannta Róise agus Bhearnairdín. Ní raibh sé chun éalú uathu arís.

Bheadh sé ag dul go Corcaigh ar an Satharn chun Bearnairdín a bhailiú agus a thabhairt abhaile don Nollaig.

D'fhanfadh sé thar oíche sa chathair agus ansin bhaileodh sé í tráthnóna Dé Domhnaigh.

CAIBIDIL A TRÍOCHA A HAON
Tá gar ag teastáil ó Kojak

Bhí ionadh ar Mhartina nuair a chonaic sí an cliant a bhí chuici.

Ní raibh an áit ach díreach oscailte agus de ghnáth ní thagadh éinne isteach sa PleasureDome go dtí thart ar mheán oíche nó níos déanaí. Tar éis am dúnta na dtithe tábhairne. Nuair a bhíonn an misneach faighte ag na fir le caimiléireacht a dhéanamh ar a mná céile!

Ach d'aithin sí an fear seo. Fear ard maol agus é dea-ghléasta.

Ghlaoigh sé i leataobh uirthi.

"Dia dhuit, a Mhartina," ar seisean go gealgháireach. "Tá ionadh orm tú a fheiscint anseo arís. Nach ndúirt tú liom go raibh tú chun filleadh ar Bhaile Átha Cliath chun leanúint ar aghaidh le do chúrsa dlí i gColáiste na hOllscoile?"

"Tá sin déanta agam ach táim tagtha thar n-ais go Corcaigh don deireadh seachtaine seo amháin. Bhí mé anseo aréir agus beidh mé anseo arís oíche amárach. Beidh mé ag filleadh ar Bhúdaipeist don Nollaig ar an Luan agus tá airgead ag teastáil uaim. Ní bheidh aon bhaint agam leis an obair seo ina dhiaidh sin. Tá sé i bhfad ródhainséarach anois. Nach bhfuil ceathrar cailíní dúnmharaithe le cúpla mí anuas? Ní féidir leat aon iontaoibh a bheith agat as éinne a thuilleadh agus d'fhéadfadh *weirdo* éigin a bheith ag faire ort an t-am ar fad i ngan fhios duit."

"Aontaím leat. Conas tá ag éirí leat sa chúrsa dlí?"

"Go maith. Taitníonn an dlí go mór liom."

"A Mhartina, an ndéanfaidh tú gar dom?"

D'fhéach sí air go hamhrasach.

"Gar? Ní thuigim."

Thóg sé clúdach litreach as a phóca agus shín chuici é. Thóg sí an clúdach go drogallach.

"Féach ar a bhfuil istigh ann."

D'oscail sí an clúdach agus thug sracfhéachaint ar a raibh istigh ann. Ansin chroith sí a ceann agus d'fhéach go hamhrasach idir an dá shúil air.

"Níl tuairim agam ó thalamh an domhain cad tá ar siúl agat. Ní féidir liom glacadh le seo."

Thóg Kojak rud éigin as póca a sheaicéid agus thaispeáin os íseal di é. Leath an dá shúil uirthi agus chúb sí chuici féin.

A shuaitheantas póilín a bhí ann.

"Tá €500 sa chlúdach litreach sin, a Mhartina, agus is leatsa é."

"Cad chuige a bhfuil tú ag tabhairt an airgid sin dom?"

D'fhéach Kojak go ceanúil uirthi. Bhí áthas air a chlos go raibh sí ag tabhairt cúl leis an gceird shuarach, dhainséarach sin a bhí á cleachtadh aici.

"Tá gar beag uaim, a Mhartina, agus má dhéanann tú dom é beidh mé buíoch díot go deo."

Bhí sí idir dhá chomhairle.

"Ceart go leor, mar sin," ar sise ag féachaint timpeall uirthi go faiteach, "ach ní mór duit suí síos liom agus deoch a cheannach dom ar dtús, océ?"

"Océ," ar seisean agus shuigh sé ina teannta i gcúinne dorcha den chlub.

Thug sé nóta €50 di agus d'imigh sí go dtí an beár agus cheannaigh dhá dheoch.

D'fhan sé ina teannta ar feadh uair an chloig agus mhínigh sé di a raibh le déanamh aici.

Ag deireadh an ama sin thug sé póg éadrom di ar chlár a héadain agus d'imigh go discréideach agus a cheann faoi aige faoi dhéin an dorais.

Caibidil a Tríocha a Dó

Filleann an feall ar an bhfeallaire

Nuair a tháinig an Dragan amach as an PleasureDome ag a trí a chlog ar maidin bhí sé súgach go maith. Bhí sé ag stealladh báistí. Bhí an tacsaí a ordaíodh dó ag fanacht leis ar thaobh na sráide. Shuigh sé isteach agus bheannaigh don tiománaí i dtuin cheolmhar Bhaile Átha Cliath.

D'fhreagair an tiománaí é i dtuin Chorcaí.

"Ní fhaca mé riamh cheana thú," ar seisean leis an tiománaí, fear meánaosta agus folt breá fionn air, agus croiméal beag fionn agus spéaclaí faiseanta le fonsaí óir orthu á gcaitheamh aige.

"Ní haon ionadh é sin," ar seisean go gealgháireach. "Nílim ach ag líonadh isteach do chara liom don deireadh seachtaine. Cailleadh a mháthair i rith na seachtaine agus níor mhaith leis gnó na Nollag a chailliúint. Cá bhfuil do thriall?"

"Gleann Maghair," a d'fhreagair an Dragan agus é soiléir óna ghuth go raibh an inchinn sa leathcheann aige. Rinne sé méanfach chodlatach agus shocraigh sé é féin go compordach sa chúlsuíochán.

"Fadhb ar bith, a dhuine uasail," a d'fhreagair an tiománaí agus é ag bogadh isteach sa trácht ar Shráid Mhic Curtáin.

Aguisín

Nuair a bhí dinnéar na Nollag ite ag Kojak, Róise agus Bearnairdín agus gach rud glanta suas shuigh an triúr acu síos i dteannta a chéile sa seomra suite ag breathnú ar chlár teilifíse. Bhí gloine d'fhíon dearg an duine ag Kojak agus Róise agus laistigh de leathuair an chloig bhí Róise tite ina codladh taobh leis, agus a ceann ar a bhaclainn aici.

D'éirigh Bearnairdín ina seasamh agus dúirt go raibh sí chun dul go dtí a seomra agus éisteacht le ceol ar feadh tamaill.

Lig Kojak osna le sástacht. Ní fhéadfadh cúrsaí an tí a bheith níos fearr. Bhí Bearnairdín tagtha chuici féin i bhfad níos fearr ná mar a raibh súil aige leis agus bhí an caidreamh nua idir é féin agus Róise dochreidte maith ar fad. Anois bhí sí ag smaoineamh ar bhogadh isteach leis go luath san athbhliain.

Bhí cúrsaí idir é féin agus an Ceannfort de hÍde feabhsaithe go mór chomh maith. Thug sé creidiúint dó as cás casta an Pimpernel a réiteach agus bhí áthas air go raibh Kojak ag bogadh ar aghaidh i gceann sé mhí.

Ní raibh tásc ná tuairisc ar an Dragan ón Satharn deireanach roimh Nollaig. Chonacthas é ag ól i dteach tábhairne ar Shráid Mhic Curtáin ag druidim le ham dúnta an oíche sin ach ní fhacthas ina dhiaidh sin é.

Bhog Kojak ceann Róise óna bhaclainn gan í a dhúiseacht agus d'éirigh ina sheasamh. Dhearc sé go ceanúil uirthi agus í sínte anois go compordach ar an tolg ina sámhchodladh agus cuma shuaimhneach ar a haghaidh álainn.

Chuir sé a sheaicéad air agus amach leis go dtí an cúlghairdín. Bhain sé an glas de dhoras an *Sheomra* agus isteach leis. Istigh ann, bhog sé an tseilf leabhar i leataobh, bhain an glas den doras a bhí ceilte taobh thiar di agus chuaigh isteach ina thearmann príobháideach.

Shuigh sé síos ag an mbord maisiúcháin agus chuir sé ceann de na peiriúicí air, an ceann speisialta sin a raibh an folt mór de ghruaig fhada fhionn uirthi. Ghreamaigh an croiméal fionn lena bhéal uachtair agus d'fhéach air féin sa scáthán.

Thaitin an íomhá go mór leis.

Phléasc sé amach ag gáire. Gháir sé agus gháir sé go dtí go raibh na deora leis.

Chuala sé an fón póca ag blípeadh.

Thóg sé an fón amach agus léigh an téacs a bhí faighte aige. Téacs ón Sáirsint Seán Ó Murchú i gCorcaigh a bhí ann.

Frítheadh corp an Dragain go luath maidin inniu in uisce éadomhain an tsrutháin a ritheann taobh thiar den séipéal i nGleann Maghair. An chuma ar an scéal go bhfuair sé bás uafásach. É lomnocht agus a chuid fo-éadaí pulctha isteach ina bhéal. An chuma ar an scéal freisin go raibh na francaigh gnóthach mar is beag de atá fágtha faoin am seo nach bhfuil creimthe acu.

Agus rud an-aisteach go deo – tá nóta greamaithe den chorp – **Great to be back. I haven't gone away u know!** *Cuir scairt orm níos déanaí nuair a bheidh an turcaí ite agus na soithí nite agat! Nollaig shona.*

Léigh sé an téacs faoi dhó sular mhúch sé an fón agus chuir thar n-ais ina phóca arís é.

Lig sé osna mhór shásta.

Ní fhéadfadh rudaí a bheith níos fearr, an bhféadfadh?

Ansin dhírigh sé a aire iomlán arís ar a íomhá féin sa scáthán a bhí os a chomhair amach agus lean air ag gáire os ard, a shúile buile ag rince ina aghaidh, aghaidh nár aithin a thuilleadh an difríocht idir an saol réadúil a bhí timpeall air agus saol sceirdiúil, dúbailte, cam, gealtach dhomhan na fantaisíochta, domhan a raibh seilbh iomlán glactha aige ar a aigne féin faoin am seo.

Iar-rá

Amuigh ansin,
In áit éigin,
In áit éigin nach bhfuil rófhada uait,
Ag fanacht,
Ag fanacht go foighneach,
Ag faire,
Ag síorfhaire,
De ló is d'oíche,
Go mórmhór san oíche,
Ag uair mharbh na hoíche,
Ag fanacht. Ag fanacht go foighneach. Ag faire.
Ag faire go foighneach. Ag síorfhaire. Go dtí go
dtagann an fonn. An fonn chun duine a scanrú.
An fonn chun duine a ionsaí. An fonn chun duine
a mharú.
Amuigh ansin,
In áit éigin,
In áit éigin nach bhfuil rófhada uait,
Ag fanacht,
Ag fanacht go foighneach,
Ag faire,
Ag síorfhaire,
De ló is d'oíche,
Go mórmhór san oíche.
Ag uair mharbh na hoíche.

Críoch.

Gluais

ar adhastar – *on tow*
amhantraí – *speculator*
Aonad Práinnfhreagartha an Gharda – *Garda Emergency Response Unit*
athmhuintearas – *reconciliation*
banna: ar bannaí – *on bail*
bean choimhdeachta – *escort*
bhíodar = bhí siad
bhíos = bhí mé
bréagriocht – *disguise*
cailliúint = *cailleadh*
caimiléireacht – *cheating*
cathaoir sclóine – *swivel-chair*
cip: mo chip is mo mheanaí – *my belongings*
claochlú – *transformation*
claonachas – *perversity*
cloisint, clos = cloisteáil
cnapshuim – *lump sum*
coinneac – *cognac*
cóisir na stumpaí – *stag party*
coirpeach – *criminal*
collaí – *carnal/sexual*
comhaoiseach – *peer (in age)*
comhbhall gluaisteán – *car component*
comhtharlúint = comhtharlú
corrthónach – *restless*
creach – *prey*
creimthe – *gnawed*
Críostaí athbheirthe – *born-again Christian*
cruas agus sotal – *hardness and arrogance*
damhsóir téisiúil (laprinceoir) – *lapdancer*
deargaigh = dearg
débhríocht – *double meaning*
deismíneach – *precise*
dingthe – *wedged*
doicheallach – *hostile*
doirse imrothlacha – *revolving doors*
dúghreann – *black humour*
dúluachair na bliana – *the depth of winter*
dúmhál – *blackmail*
earcú – *to recruit*
faire féinmharaithe – *suicide watch*

fáltais na coire – *the proceeds of crime*
feiscint = feiceáil
féitheogach – *muscular*
fianaise imthoisceach – *circumstantial evidence*
fiarshúileach – *squint-eyed*
fimíneacht – *hypocrisy*
fuaimdhíonta – *soundproofed*
gaige – *dandy, messer*
gáinneáil ar dhaoine – *people trafficking*
gáinneáil ghnéis – *sex trafficking*
gairgeach – *acrimonious*
geallúint = gealltanas
gearrthán – *cutting*
giolcadh an ghealbhain – *daybreak*
gliúcaíocht mhíchuí – *improper voyeurism*
gníomhaireacht ban comórtha – *escort agency*
goilliúint = goilleadh
gríosaitheach – *provocative*
íobartach – *victim*
iontaofa – *reliable*
iontaoibh – *trust*
Lá Caille – *New Year's Day*
láthair choire – *crime scene*
leasc – *reluctant*
leathcheann: an inchinn sa leathcheann – *very drunk*
léimt = léim
ligint = ligean
líreacán – *lollipop*
lomnocht – *stark naked*
luid – ruainne éadaigh : gan luid – *completely naked*
luchtadh – *to charge (phone)*
marbhlann – *mortuary*
méanfach – *yawn*
méarlorg – *fingerprint*
meáite ar – *determined to*
meilid = meileann siad
mó = iomaí: is mó tráthnóna – *many an evening*
móid tosta – *vow of silence*
múch – *fumes*
muna = mura
neamhdhleathach – *illegal*
nuachtáin lathaí – *gutter press*

paiteolaí – *pathologist*
peorcaisí – *perks*
póit – *hangover*
príomhfheidhmeannach – *chief-executive*
pulctha – *stuffed*
rabhadh – *warning*
rabhas: ní rabhas = ní raibh mé
rocach – *wrinkled*
rothlú – *gyrating*
ruaimneach – *watery*
sádaíoch – *sadistic*
sádmhasacach – *sadomasochist*
i sáinn mhór – *in an awful fix*
sáinniú – *to entrap*
saorchúnamh dlí – *free legal aid*
sara = sula
sceon = scéin
seanléim: ar a sheanléim – *back to his old self*
searbhasach – *sarcastic*
séideadh: ag séideadh fút – *having a go at you*
síceapatach – *psychopath*
na soithí – *the dishes*
sníomhadóir = sníomhaí
sólaistí – *delicacies*
sraithmharfóir – *serial killer*
stangadh – *shock*
stocaireacht – *gatecrashing*
stracadh = sracadh: ag stracadh ar an iall – *straining at the leash*
striapach – *prostitute*
suaitheantas póilín – *police badge*
tada = dada
taobhroinn – *aisle*
Teilifís Ciorcaid Iata – *CCTV*
teimheal – *stain, smudge*
thar n-ais = ar ais
thit an lug ar an lag aici – *she became flabbergasted*
tochras: ag tochras ar a gceirtlíní féin – *bettering themselves*
tógaint = tógáil
tomhas míreanna mearaí – *jigsaw puzzle*
triopall bláthanna – *bunch of flowers*
uaimheach – *caveman*
úillín óir – *golden apple/apple of eye/pet*
urfhuascailt – *breakthrough*